陳遠秀 編

沿岸

——徜徉於年輕人的文學海洋

匯智出版

目錄

前言——觀賞岸邊浪花 .... 陳遠秀　v

———————————————●———————————————

第十屆大學文學獎得獎作品

新詩組

斜坡 .... 吳俊賢　3

散文組

解剖報告書 .... 朱嘉榮　9

小說組

慢 .... 李昭駿　19

傑出少年作家獎

一刻 .... 文樂瑤　33
他對我笑了 .... 吳靄琳　37
夜夜朝朝斑鬢新 .... 梁詩韻　43
香港的女兒及其父親 .... 彭慧瑜　49
瓜田舊事 .... 劉穎欣　55
支教 .... 鮑可穎　60

第十一屆大學文學獎得獎作品

新詩組

（　）..韓祺疇　69

散文組

皮膚病..吳俊賢　72

小說組

漁人..區麗娟　81

傑出少年作家獎

沒有靈感的晚上..................................呂崇節　96

看風景—— 山麓踠躞..........................岑政浩　100

別矣，吾土..李雪兒　105

夜雨敲窗..肖婉怡　109

誰是烏鴉？..陳梓濠　113

白堊..趙穎彤　118

附錄：第十屆、第十一屆大學文學獎得獎名單.......123

後記—— 感謝看風景的人.....................朱少璋　125

前言——觀賞岸邊浪花　　陳遠秀

大學文學獎自首屆（2000-2001）舉辦以來，廣受熱愛寫作的年輕人支持，部分得獎作品獲結集出版，不知不覺，《沿岸》已是第六本得獎作品文集了。大學文學獎的宗旨是推動文學風氣、提高創作水平。一路走來，見證年輕作者對寫作的熱情，感懷於心。每個人的創作路途都不相同，有的看似平坦，有的可能崎嶇，但可以肯定的是這條路必定是獨一無二的，因為寫作是一場自我探索之旅，讀者縱使成千上萬，但第一位面向的卻是作者自己。

寫作並不容易。小時候常聽說寫作需要靈感、講求天賦，這話大抵不錯，然而靈感源自敏銳的心靈、廣闊的眼界，哪一樣不需要悉心培養？而天賦就像姣好的容貌，若然懶於梳洗，常常日曬雨淋，甚至暴飲暴食，最終也只會暴殄天物。好的作品往往經過千錘百煉，作者字斟句酌、反覆修改，刪去一個字、換掉一個詞，追求永無止境的「更好」，背後的艱辛不足為外人道。可嘆的是，現今社會難以單憑寫作為生，嘔心瀝血的文字不一定有實質的回報，在這個科技高速發展的年代，如巨浪般席捲而至的是大數據、元宇宙、人工智能、衛星網絡，至於一首詩、一篇散文，真的能夠掀起水花嗎？

在機械人可以畫畫、電腦程式能夠寫詩的年代，我們

為何還要寫作，又為何堅持寫作呢？我的感悟正正是——越是了解科技之大能，便越明白其所不能。大熒幕上的動畫特技固然吸引眼球，但好的電影始終離不開好的劇本；新研發的針藥能夠結束疫症，但治療不了人的孤獨。寫作本身便是一場治療。在執筆的過程中，我們坦誠面對自己，探尋、整理糾結的思緒，將之轉化成唏噓的嘆息、溫柔的詩句、鏗鏘的言辭或者瘋狂的情節。那些難以言表、無可承載的思緒與情感都有了安身之地。創作的世界是自由的。我們憑藉寫作剖開自己：〈皮膚病〉透過皮膚不同狀態的種種隱喻去探尋自我成長與家人的關係；〈解剖報告書〉記錄生物課上的解剖實驗，回憶與母親的往事、書寫對生命的體會；〈別矣，吾土〉寫「我」即將來港讀書的忐忑心情，抒發對故鄉的眷戀和對未來的期盼；〈沒有靈感的晚上〉寫出在無眠之夜對理想和文學的思考。同時，我們亦透過寫作學習理解他人：〈慢〉以基層勞動婦女為主角，探討母子兩代人之間的矛盾和住屋等社會問題；〈漁人〉敘述菲律賓船員飄洋過海，為了一家人的生計與大海搏鬥的故事；〈夜夜朝朝斑鬢新〉代入清潔工的處境，流露對社會弱勢社群的關懷；〈誰是烏鴉？〉以奇幻的想像力揭示網絡世界所帶來的弊端。當然還有其他作品，各具特色，在此不能盡錄。這些出色的作品不但說明了香港文學圈子正蓬勃發展、欣欣向榮，也展示了香港的年青人如何在急速變化的世代以清晰的思路和細膩的文字探尋本心。讀者只要往下細味，當知我所言非虛。

寫作讓我們探索自我的邊界——到底是圓的還是直的？

是柔軟的還是堅硬的？到多遠才是盡頭？或者有沒有所謂的盡頭？走在岸邊，腳下感知的是世界真實的溫熱，放眼望去，文學的海洋廣袤無垠。創作讓我們探索自我、了解人之所以為人，在這一點上，文學和科學的功能是相通的。科技之驚濤駭浪固然影響巨大，然而文字即使細碎如浪花，這股如潮汐漲退般亘古不變、溫和但堅韌的力量卻同樣不容小覷。

最後，容我藉此機會感謝香港文學推廣平台主任朱少璋老師的信賴，委以重任，讓我能夠參與新生代文壇盛事、擔任編輯工作，實在與有榮焉。感謝吳學忠老師、麥樹堅老師、陳彥峯老師、余龍傑老師和香港浸會大學語文中心一眾老師的幫助和支持，讓文集得以順利出版。希望《沿岸》能夠讓出色的作品找到更多讀者，並讓熱心文學的讀者認識更多潛力無限的年輕作者。

2022 年 9 月

第十屆

大學文學獎

得獎作品

斜坡　　吳俊賢

鐵線衣架扣入綿密傾斜的菱形
寬身的桃紅大衣自鐵絲網垂下
飄揚，蒸發在冬日和暖的午陽
擋去球場裏孩子嫣紅的臉頰
老人蹲在地上和一個老人議價
圍繞幾本缺乏重量和封面的龍虎門
充電線纏成一盤，還有
開心樂園餐玩具
龍蛇馬羊年利是封
色情光碟靜靜躺在一旁
赤裸的背照出彎彎的彩虹

我曾渴望在那個亭子裏寫一首詩
在那年炎熱的夏日，逃避冰冷的喝令
下方是配水庫球場，迷彩軍裝印滿迷茫的斑點
不協調步操擠出地上點點深綠色水印
我伸出舌頭，蹬起皮靴裏勒住的腳跟
承托飲水機拋下的水柱，然後
匿身於繩網鬆塌的龍門，躲避陽光
卻躲不開圈圈深邃的鏡頭

父親在斜坡上聚焦，站在鐵絲網外
手握攝影機，記錄兒子成長的步調
我渴望沿着斜坡向上走
握着父親的手，探知視野被遮蔽的可能
彷彿在夢中一個漆黑的深海
掙扎上游

我踏出市政大樓，掌心握着冷氣的溫度
自修室偶爾的瑣語，還有
拉鍊滑落和倒抽鼻水的聲音
從斜坡的地攤子我撿起攝錄機
想像裏面記錄由無數個現在
建構成的過去
蹲着的老人抬起頭，睞着眼
一臉的深褐讓我估算他的歷史
鳥籠裏的鳥躍上木棍子，盪起鞦韆
地上的麻雀啄食地磚的縫
靚仔，部機仲新正，一舊水益你！——

前面是藍田北巴士總站
軍綠色記憶墜落到一所國際學校
這裏前身是聖言中學，現在
黑白黃色的孩子自樓梯兩面
傾瀉而下。分解

又聚合，連綿如沙漏
交通指揮員穿上青色熒光衣
撥動手掌，驅趕着時間
把羊兒趕進了斜坡，一條名校的後巷
一位年輕教師曾在此
墜落而喪失靈魂

巴士關掉引擎
司機雕塑一樣莊嚴，沉默
在上層一個後排的靠窗座位
臉上浮現淡淡綠光，似沉睡的乘客
到達總站仍未下車，被忽略地存在着
像雨後，從上層座位才能看見的
車站上蓋的碎葉和水窪，靜待陽光
層層蒸發，水印的圈逐漸縮小
晾曬時間

在長凳上等待瞳孔的光圈稀釋
旁邊長期放着一輛手推車
堆放着紙皮箱和不知誰的生活
上面有鮮橙的圖案，而我看出尿羶的味道
透明的篷打落一聲清脆的乳白色鳥糞
籠裏的鳥扯着嗓，麻雀飛來啄食糞便
旁邊公廁仍有未沖去的糞漬

彷彿為誰留下印記，像廁格門後
乾透的塗改液同時遺下髒話
和不明電話號碼

巴士在總站短暫停留
每行列卻染上一道工整的紋身
如黑白琴鍵，音樂盒滾筒凸出的金屬點
迷彩行列中，我還未能聽懂歌曲的韻律
現在看過斜坡上的風景，卻仍未能
把廁格的門關緊。我蹬起腳跟
用盡指尖的力量抵禦入侵
本應平放的膠塞鬆動，如沙發上的父親
垂放瘓軟乏力的手臂，抬不起攝影機
錄影帶是過去的產物
還有龍虎門，利是封上的生肖循環更替

孩子沿斜坡走進球場
球場地上的紅和綠，已然染成
一片屬於黃昏的橘黃
上午寶礦力留下的水印已在下午風乾
冰涼的水自側着臉的嘴角流走
飲水機的洞口便吞噬了
一個落日，和一灘
流竄的記憶

* 本詩榮獲第十屆大學文學獎新詩組冠軍。

評語

充滿城市實感，情感真摯、厚實，觀察頗獨到。

——呂永佳

「斜坡」以喻人生：向上與向下，互為交錯。意象繁富，回憶與現實重疊，既是一個成長的過程，又隱喻了某種的掙扎與思考。

——關夢南

導讀

　　這首新詩混合了城市影像與「我」的記憶，交織過去與現在，意象豐富，對比強烈。「斜坡」既實且虛，前者是（曾經）確實存在的球場、名校、附近的巴士總站和公廁，後者是孩子邁步上揚和老人逐漸衰落的人生，兩者巧妙地重疊，增加了作品的厚度。

　　新詩共八節，每一節都是一幀城市角落速寫，細節具體，畫面感強。開首以旁觀的角度對比冬日午陽下球場裏活潑的小孩和球場外二手地攤前議價的老人，引起「我」回憶兒時在球場受訓、父親隔着鐵絲網以攝影機記錄的往事。攝錄機是串連起不同畫面的線索：「從斜坡的地攤子我撿起攝錄機／想像裏面記錄由無數個現在／建構成的過去」，於

是展開下面關於名校、巴士總站和公廁的種種描寫。時光飛逝，卻又不停循環更替。小孩一代一代長大，身上是父母親的關愛與寄望；人一代一代老去，那些生活潦倒的大人，是否都承載過雙親殷殷的期盼？結尾部分，父親已經年邁，再也抬不起攝影機，「我」也重歸現實，看着黃昏時「孩子沿斜坡走進球場」，呼應開首。作品裏小孩與老人、午陽與落日、名校生與二手攤販、堆放着紙皮箱的手推車、公廁門後的髒話和電話號碼等等，無不對比強烈，構成濃烈的色彩，使人印象深刻。

解剖報告書　　朱嘉榮

　　赤膊穿着黑色塑膠圍裙，利落的在腮下一割放血，逆着紋理把魚鱗刮去。我別過臉，旁邊吊掛着一整隻剖開的豬，血紅的肋骨清楚可見，內臟被掏空吊掛陳列。牛肉的羶味從後湧過來，攪拌機滋滋的摩打聲，肉糜從生鏽的鐵孔溢出。

校本評核方法與目的（生物科）：
(a) 找出探究問題，並提出可測試的假說；
(b) 進行探究實驗，如解剖動物或動物器官；
(c) 對不同生物作準確的觀察及量度；
(d) 詮釋結果，並從中對生命作出聯繫與反思。

　　陳老師派發校本評核指引，冰冷的文字早已忘卻（應說是從沒細記），而那躺在不鏽鋼盤上的牛、豬、鼠、蛙，仍然溫熱的在腦海裏。

1. 牛眼──眼球結構

　　初嘗解剖，是牛隻眼球解剖實驗──即「劏牛眼」。然而未到實驗當天，已面臨首項挑戰，需要自行購買牛眼。街

市的肉檔沒有新鮮牛眼，畢竟一隻牛亦只僅有一雙眼睛。我站在肉檔前凝思良久，說不出是甚麼原因，就是開不了口，最後訕訕地拜託了母親。後來知道其他同學也是這樣，才令我沒那麼介懷。街市像是屬於已成父母的人的地方，可能要待將來某天，才能面不改容跟牛販要一雙牛眼。

解剖那天，在實驗室的冰箱取出預先雪藏的眼睛，從紅色的膠袋把牛眼倒在不鏽鋼盤上。一個比想像中巨大的眼球在鋼盤上滾着，陳老師提醒在盤上鋪一條毛巾較好。滾着滾着，那隻眼睛剛好定睛看着自己。眼睛是靈魂之窗，而我與這隻已沒靈魂的眼睛對望着。

若說五感中最害怕失去的，便是視覺了。童年曾經歷過一小段失明的時間，在那中秋晚上，與母親在沙灘上賞月，我把螢光棒屈折，棒內的玻璃壁發出清脆的聲響，因化學作用而發出詭異的綠光。我把螢光棒搖晃，讓內裏的液體混合。怎料一晃，詭異的綠光飛濺過來，一陣刺痛的感覺罩着整個眼球。母親見狀，立刻把我緊緊抱起，用衣袖把我眼部附近的液體拭去，慌張地替我找尋清水，向周圍的途人求助。我牢牢的緊閉着雙眼，漆黑一片，只聽到母親的求救聲，和母親的體溫，黑暗中片片雪花散落在眼皮內。

戴着乳白色的膠手套，拿起冰冷的解剖刀，微微顫抖着。下刀的一刹那，想起有人說養牛的人不吃牛，不知道他們把牛隻賣去屠場的一刻是甚麼感覺。我以十字刀法在角膜上輕輕一割，以鑷子把四邊的角膜揭開，透藍的晶狀體附在玻璃狀液上。徒手把玻璃狀液分離，內層泛着詭異的綠光，

老師說那是視網膜。我突然感到原來那螢光棒的液體，好像滲透在視網膜內，一直沒有散去。

2. 白老鼠——消化器官

而真正感受到解剖的感覺，是白老鼠的實驗。陳老師從一個大袋內倒出十多隻白鼠，說已預先處理過。「處理」這二字，說得那麼含蓄。同桌卻堅持追尋老鼠死亡的真相。陳老師淡然補充，是在外面實驗室用氣體使牠們昏迷，然後器官慢慢衰竭，沒有一點痛楚。最後一句的強調，是為了安撫同學的赤子之心，說明是「安樂死」。連老鼠的世界也有「安樂死」的可能。

我拿着解剖用的木板，領了白鼠回到自己組的位置。大家定睛看着牠良久，紋風不動。我先以大頭針釘住牠四肢的掌部，這硬實的質感在告訴我，是真實的。然後另一位同學也開始進行簡單的前奏，以濕棉球把腹部的白毛濡濕。陳老師突然廣播，時間只剩下一半，若未能完成實驗，校本評核的分數便會不合格。同學終於開始動起手來，大家合力提起生殖器前方的皮膚，慢慢用剪刀開了一個小缺口，沿腹部中線剪到頜下，把皮膚向兩邊分離掀起。評核的分數，勝過了惻隱之心。然後另一位同學再剪開下腹部的肌肉，在左側剪斷肋骨下端後，直至咔一聲地鎖骨也剪斷。右側也同樣處理後便輕輕撕開胸部前壁，我立即以大頭針固定左右兩側腹壁，把所有器官展露無遺。

腹腔前上方有紫紅色的肝臟，右肝內側有黃綠色的膽囊，胃下方是粉紅色的胰臟。以解剖刀輕輕劃開腸膜，把腸拉直，灰黑的盲腸就在細長的小腸和粗短的大腸交匯處。這時實驗已完成一大部分，大家埋首把投射到視網膜的影像，快速描繪在報告書上。終於舒了一口氣，原來這數十分鐘一直屏着氣，沒有呼吸過似的。但隨之而來的氣味，嗅過一次，便不會忘記。整個空間充滿着內臟的氣味，肌肉開始腐化，細菌正在發酵，這時思緒才開始整頓，意識到剛才發生的事，手微抖。

後來聽說以往的白鼠解剖，和現在的有點不同——白鼠沒有死去。為了能更真實了解器官運作，只會把白鼠放進密閉的玻璃容器內，再投入乙醚棉球，不消五分鐘，白鼠便會失去意識。解剖後除了能看到器官的排列外，還能清楚觀察心臟跳動情況和胸腹部間的一層極薄的肌肉質膈以及腸蠕動的情況。不知那昏迷着被剖開的白鼠，思考着甚麼，對生死的意義有否多一層理解。幸而老鼠的智力不高。

3. 豬心——血液運輸

我從豬肉販的手上接了一個心臟，轉眼間放在眼前的解剖托盤上。一個曾經撲通的心，變得冷靜。古時人們以為人最重要的器官是心臟，後來西方知識傳入，才知道最重要的器官是腦，因為可以控制身體一切器官的運作，後來又說研究發現最重要的器官是肝臟。是否重要，應如何決定。說到

底也只是一團組織。

　　我小心地從心尖位置向上剪開心包膜，看到圓錐形的心臟。上部是兩個耳朵狀的心房，下方是心室。我用手指輕捏心室，感到左心室的肉壁比右心室厚得多。以玻璃棒分別朝心室出口和心房插進，便輕易分辨出肺靜脈和主動脈。我突然有心臟跳動的感覺，原來是我心臟的跳動傳至指尖。就如童年時輕輕伏在母親的懷抱內，感受着母親的心跳。懷孕時期的父母，常會把手放在肚皮上，感受新生命的躍動。而後來有心跳的感覺，就是遇上了心愛的人，初次觸碰，小鹿在心室和心房找出口。但都不及公開試的一刻，心跳聲在耳壁回響，心臟快被撐爆。心臟傳輸的除了血液，還有溫暖，和生存的真實感。心臟停頓了，就只乾涸成回憶的硬塊，塞着一端，難以流走。

4. 青蛙——神經脈衝

　　高中課程最後亦最困難的部分，便是神經系統，複雜的程度，足以讓人相信真的有造物主。在百忙的模擬試中，唯獨人生中最後的一個實驗能讓人從課本中抽離輕鬆一番。

　　我將青蛙置於解剖板上，慣常以大頭針固定四肢，又再以剪刀把兩側皮膚剪開，將蛙皮與蛙體分離。在剖開的過程，同時要以滴管吸取林格氏液然後滴在紫紅色的肌肉上，避免黏液附着肌肉。然後實驗便正式開始，我先把生理鹽水慢慢滴在肌肉上，肌肉一下子收縮起來，恍如人被針刺的

自然反應。但滴久了，肌肉便再沒有任何反應，習慣了便變得麻木。然後我進行第二步，將銅線連接於腿部的肌肉神經上，使用兩伏特的低電壓電流刺激，肌肉劇烈抽動數下，恍如仍在水裏划着。

在那個沒有豐富物質的年代，神經反射是有趣的玩意。母親會把我的腳翹起，然後輕輕一敲膝蓋下方微微凹陷的位置，腿部便會自然彈起。雖不是每次都會成功，但每次彈起，都會引起一陣惹笑。其實有時根本沒有觸動到神經，但我仍會佯裝彈起，把腳彈得高高的，想讓歡笑聲延續。後來母親又有了新遊戲，叮囑我張大眼睛不可合上，然後她在我眼前拍掌，眼睛自然反應合了起來。嘗試多次，仍然無法控制。想着當時，看着眼前的青蛙，感到神經反射不再有趣，原來活動着也不代表仍有生命。躺在床上，思考已停頓，所有回憶都記不起，就只剩下單純眼皮的神經反射，與四肢被釘着的青蛙無異。

5. 人體──人體

一具靜止的男屍，人死了原來跟生前也沒有太大的分別，就是在鎂光燈下顯得更蒼白。陳老師在最後暑假的補課上播放着人體解剖的影片。「不想看的就低頭自習吧。」影片中一位老教授向學生講解解剖的注意事項，躺着的他比即將解剖自己的老教授更為年輕，但他的背景、秘密與經歷不需知，也無法知。我們必須擁有唯物性的思考。老教授拿起

手術刀，從腹腔的位置割下，腹部湧出黃色的糊狀物，老師向我們解說這是脂肪。我一直以為脂肪是乳白色的，就如吃肥豬肉時豬皮的下層。黃色的糊狀物繼續湧着，旁邊的助手連忙把明顯過多的脂肪清理，老教授風趣地說：「它生前一定是位美食家。」一直聽說看過解剖後吃肉醬意粉會令人想吐，原來未必正確，起碼我現在比較不想吃咖哩。

　　手術刀利落的在表皮游走，把皮與肌肉與筋骨巧妙地分開，我想老教授是西方版莊子的「庖丁解牛」吧。教授如展現藝術品般把它的器官一個個清晰呈現，指出每個器官的位置及作用，還仔細地說這個肝比正常的腫大，應該生前有酗酒的習慣；肺部較為紫黑色，大家還是不應吸太多香煙，充滿幽默感。鏡頭從上方俯瞰式拍攝着整個身體，靜止的畫面，給了留白的空間。

　　對於真實接觸屍體的經驗，只有那次。在醫院待了一會，醫生才領着大家走到白簾圍着的一張床，原來屍體並不是那麼快便推往停屍房。一層輕輕的白布蓋着，醫生把白布拉下，家人在旁的哭聲隔了一重。醫出說着搶救的經過，但已不重要。外婆牢牢捉着白布下的手，而我如初次碰到白老鼠般，保持了一段距離靜靜看着。像睡着了般，眼皮仍半開着。我竟不敢上前觸摸，或是不想最後觸碰的溫度是冰冷的。後來再次看到已是濃妝艷抹的樣子，她生前我也不曾看過她嘴唇塗得那麼紅，臉部的腮紅明顯用力掃了數圈。醫生問需不需要解剖驗明死因，我知外婆傳統的思想必定不願意，卻又不想死因不明。最後我代外婆在一份同意書上簽了

名字。或許是因解剖過的原因，才刻意在腮紅掃得較為明顯，好讓臉色不會過於蒼白。我以為只躺在手術床上的大體老師我們不會知道它的死因，然而最後死亡證明書上仍有着「不明」二字。

到現在還記起那天學校午餐的飯盒巧合地真的是肉醬，是意粉還是飯卻沒印象，只記得酸了點。陳老師播放解剖影片的原因，現在多了一份理解與感恩。離開肉檔，走往菜檔，卻又折返，要了一份豬肉。不吃狗肉，到底是否偽善，我沒哲人的頭腦，答不出來。長大後孔子的哲理早已通通忘卻，唯獨是「君子遠庖廚」一句至今不散。

後來在報紙上得知，解剖實驗的標準不是白鼠，而是家兔。家兔在哺乳綱動物中較有代表性，因為牠比鼠類更加接近靈長類，且體形較大，解剖後更清晰。後來各地的解剖開始以白鼠取代家兔，本以為是因更多人飼養家兔，因而起了憐憫之心。報紙後文卻說，是出於經濟原因，白鼠的價格較低，更符合經濟效益。看到這，我突然為那隻與我最後接觸的白鼠，感到多一份憐憫。

*本文榮獲第十屆大學文學獎散文組冠軍。

評語

行文的主線與副線都安排得很好，作者意念穿梭游弋，以無厚入有間，游刃之餘，不務矜誇，而是踏實、樸素而略帶刻

意冷靜地表達感情。

——朱少璋

取材獨特，從解剖動物到人類，再結合到個人經驗，頗有新意。

——黃秀蓮

有個人特色，具觀察力和聯想力，文字工夫也不俗，只是筆到意到，翻不出很深的意旨和思考。

——潘步釗

導讀

　　作品記錄「我」在生物課進行解剖實驗的心路歷程，從牛眼、白老鼠、豬心、青蛙到人體，循序漸進，當中穿插與母親的回憶和對生命的感悟，兩條線於最後一節交疊，暗線轉明，情感自然，結構編排得宜，可見作者構思的匠心。

　　在城市長大的少年人少有機會接觸動物（不論是活的還是死的），「我」初時不敢獨自購買實驗用的牛眼，後來慢慢習慣，從剖開白鼠開始，漸漸駕輕就熟，不只能親自從豬販手上接過豬心，甚至能直視解剖人體的畫面，當中心理變化真實自然，也反映出「我」如何思考生命和接受死亡。因為前文的鋪墊，在後段「我」能較為冷靜地面對母親的死亡，讀來並不突兀，只餘對至親離世的悲涼和無能為力的無奈。文中穿插對於人類至上（實驗鼠的「安樂死」）、生命有價（白鼠比家兔便宜）等等議題的反思，也頗為諷刺。

作品文字簡樸，語調平靜，並不煽情，配合報告書的體裁。結尾部分「陳老師播放解剖影片的原因，現在多了一份理解與感恩」一句，值得思索——「我」為何理解與感恩？是想到人終有一死，無需避諱？是明白眾生平等，人與動物皆然，不用避忌？還是感激生物課老師出於成年人的善意，讓年輕人早一點見識真正的死亡？文中並無清晰交代，供讀者自行領會。

慢　　李昭駿

　　午後，陽光從窗外斜照進來，房子雜亂，塵埃飄揚。回到家，她還是一肚子的氣。

　　廁所透出亮光。原來早上沒有關燈，便出門。幸好她早一步回來，沒有被發現。打開雪櫃，涼意滲出。她昨夜從食店帶回來的飯菜原封不動。她翻開保鮮紙，把食物全部倒去，用鐵匙刮去凝固的醬汁，然後把餐碟放到鋅盆。水溢出。鋅盆裏浸着一些廚具。她慢慢走到客廳，脫下衣服。衣服散落地上。

　　電視新聞播放清談節目，四個人不知討論甚麼的，愈說愈激動，後來聲音疊在一起。她連續轉了數個頻道，最後把電視關了。她傳電話訊息給兒子，問他今晚何時回來。他最近夜深才回來，不知道在忙甚麼。她今早在維園曬了數小時，頭有些暈，四肢冰冷。沖一包感冒茶，藥粉在水裏化開。她拌勻，閉氣把茶倒進喉嚨，然後回到自己的床上，看着上層床的木板。

　　醒來，才發覺自己睡着。房子更暗，僅剩祖先位的紅燈透亮，裏面放着峰仔祖母的照片。轉身下床，腳掌觸地，縮回來，掃了一會，反把拖鞋踢到床下。彎腰，床下有雜誌、衣物、零錢。兒子還沒有回覆訊息。舞蹈群組有許多訊息，談論她們今早表演的事。為甚麼跳舞會被人罵？她想不明

白。她把表演服裝放到污衣桶裏。

　　沙發上堆放衣服。她找了一會，有些是自己的，但多數是兒子的。他的衣服從不摺好。她換上工衣，出門。找不到鎖匙，只好拿去電視旁的後備匙。出門前，她在祖先位前上了三炷香，確保關了所有燈。煙香飄升，在黑暗中繚繞。

　　樓下的街燈漸次亮起。日光沒有完全散去，大門的扶柄猶有餘溫。她朝向夕陽，拍下照片。她想把照片傳去群組，但沒成功。她找兒子幫忙，他只是替她發了照片，但沒有教會她。「芳姨，去吃飯嗎？」身後傳來聲音。她轉身。阿欣舉臂，辦事處的鐵閘擊在地上。她蹲下來上鎖。她們的影子橫在鐵閘上，愈來愈長。芳反問：「你收工了嗎？」她常常見到阿欣是辦事處最後走的一個。「還要到九龍開會。」欣手上拿着傳單。芳姨留意到馬路旁的鐵欄上掛滿橫額，便問：「有選舉嗎？」「對，下個月是立法會補選。」芳不知道甚麼是補選，但沒有問。每次選舉，她都幫忙。「我幫你派一些吧，我打算去英記。」她從欣懷裏接過半疊傳單。「謝謝芳姨，每次都要麻煩你。」夕照留在欣的側臉，睫毛修長，耳邊的髮絲揚起。芳不由得想到，欣年紀輕，比自己的兒子大不了幾歲，可是懂事多了。

　　她們的影子漸淡，沒入夜色中。涼風吹過，地上的樹葉捲起，在半空轉了數圈。欣拉緊衣袖，外衣起了皺摺。芳踏前，把一封利是放到欣的手中，說：「喪禮的事辦妥了，小小意思。」欣縮開，把利是推回去：「小事。別客氣。」芳堅持：「全賴你，不然找不到合用的相片。」「我不過拜

託同事，修改一下相片。最重要是老人家走得安心。」阿欣把利是塞到芳的衣袋，連忙轉移話題：「今早的事，我在新聞見到。那些人真是不講道理。」芳沒想到事情鬧上了新聞。「他們十幾人，圍着我們，不讓我們離開。」罵她們的年青人，大概是峰仔的年紀。芳的語調，變得急促，接着說：「他們說我們是大媽，叫我們滾回大陸。有些街坊幾乎嚇得哭了出來。」她們排練了一年多，好不容易可以在維園表演。她知道，這樣的機會下次未必再有。阿欣嘆了口氣：「舞蹈班的導師說課堂先暫停一星期，讓大家休息一會。」

她突然想起一些事情，問：「你收到政府的信了嗎？」芳眉頭一皺：「審查過後，便再沒有消息。」有小孩一邊尖叫，一邊跑過來，要從她們中間穿過。母親從後追趕着，惹得芳心煩。「記得留意信箱，應該差不多。有街坊已經派到樓。」芳側身避過：「這麼快就派樓？現在到甚麼號碼？」婦人喘着氣，大聲追趕他。聲音幾乎蓋過欣的話。她申請公屋，全是阿欣幫的忙。眼前的欣年輕，比過往做了十多年的老議員好得多。「派到 1325。」話未說完，小孩跑得過急，跌在地上，擦破膝蓋。欣走過去，拾起地上的藍色塑膠鞋。她數算着號碼，走了很遠，仍能聽見孩童哭聲。

過了馬路，上斜路。芳不夠氣，掌心冒汗，腿發抖，在半路停下，沒帶水，喉乾。

撥開英記的塑膠捲簾，便見到事頭婆捧着熱湯。她見到芳進來，瞥了一眼，說：「快來幫忙，店裏不夠人。」芳把剛才的傳單放在收銀處，問：「不是有後生來做工嗎？」

事頭婆回到廚房，白煙蒸騰，蓋過了她的樣子。聲音從煙後傳來：「做了四天，便沒有來。」「現在的後生怕辛苦，捱不得。」芳穿上圍裙，見店內的兩個卡位，四張木枱都坐滿人，便托起摺枱，放到門外的位置揚開來。客人在外面等。芳問：「吃甚麼？」排最前的客人望着玻璃後的食物，說：「豬紅、豬腸。」沒有說下去，反問：「有甚麼好吃？」「你慢慢想。」說罷，芳便走開，收起另一枱的碗筷，用枱布抹了數下。每次抹枱，都是這塊舊布，不知多久沒有洗過，可能比木枱還要髒。那個男人一口氣說：「豬紅、豬腸、蘿蔔，油麵。凍檸茶少冰。」聲音粗大，有些食客望過來。芳彎腰，把碗筷放入地上的紅膠桶，抓起麵餅，放到滾水裏。

膠桶滿了，事頭婆拖去後欄。客人拿着帳單，走到門口。芳去收錢。一個小時，她都沒停過手。好不容易才找到機會，倒一杯水給自己。

「雲吞、咖哩魚蛋、河粉。」芳從廁所出來，雙手未乾，喉裏的水濺到菜籃。她聽到外面的聲音有些熟。「要喝甚麼？」事頭婆回話。「凍奶茶。」他隨即說。「凍飲要加四蚊。」「那不用了。」芳走到店面，正好和阿周打了個照面。他看到芳的圍裙，說：「咦，原來你在這裏打工。」芳反應不過來。他走近卡位，放下公事包和報紙，把藍色風衣的拉鍊拉近胸口。他們上月才見過面，在喪禮上。是芳通知阿周的。阿周問：「你幾時開始在這裏工作？」芳放下一杯水，說：「做了一個月左右。」周把筷子浸到杯裏，從牆身

的鏡見到，芳的目光停留在他疏落的髮頂。

　　事頭婆從滾水裏撈起雲吞、魚蛋，放到碗裏，倒湯，加牛腩汁。過程不消數分鐘。所有食物都是預先煮好的，只要翻熱就可以。至於生菜和麵，也不過是放到熱水裏灼熟。阿周取餐，放了兩匙葱花和辣椒油，捧起碗，回到座位。芳本想提他不要點魚蛋的。她幾日前收舖時，發現雪櫃裏的魚蛋已經過期。事頭婆說把食物扔了太浪費。她把魚蛋煮熟，放辣椒和蒜，把咖喱煮得更濃，便蓋過魚蛋的味道。阿周吃得滋味。

　　「你出來打工，不怕超過公屋入息嗎？三人家庭，上限是二萬二千。」阿周低頭吃麵，眼鏡佈滿水氣，芳的身影模糊不清。芳壓低聲音：「這裏出現金的，政府查不到。」阿周脫下眼鏡，用衣衫拭抹。「你真幸運。」阿周的額上冒汗，在衣袋拿出紙巾，抹去鼻水。「幾錢人工？」芳誇大了數目：「一小時五十元。」「比其他地方多呢。」阿周除下眼鏡，放在碗旁，夾起麵條，熱氣在空中翻騰。「樓面廚房清潔都要做。」芳補充。「阿全人工不超過入息嗎？還有峰仔，不是畢業了嗎？」阿周邊吃邊說，聲音有些含糊。只有芳和峰仔兩個人申請。她和阿全早已離了婚。上月喪禮，她竟穿了孝服，披麻布，站在家屬位置，接待親友。

　　阿全母親遺照前的花牌，寫着他們一家三口的名字。

　　她教峰仔摺元寶，捲起紙錢，兩邊折角。他摺了幾個，放到金銀紙袋裏便散開來。紙袋半滿，外面還有好幾條金銀冥紙。「有客到。家屬準備回禮。」堂倌的聲音響亮。全和

芳站在竹蓆上，阿周在靈堂中央鞠躬。阿全沒有想到阿周會來。喪禮的事，他甚至沒有告訴過周。阿周鞠躬後，坐在前排的位置。全走近，站着甚麼都沒有說。他們之間相隔一個座位，上面放着周的公事包和報紙。芳坐在後排，繼續摺元寶，偶爾抬頭。

阿周分去峰仔大半疊的衣紙。「你記得他嗎？」阿芳問。峰仔望了一會，有些不情願地說：「記得。他從前經常上來賭馬。」「你畢業了嗎？」阿周問。「去年畢業。」峰仔答話。阿周把手肘架在椅背上，問：「現在做甚麼工作？」「社區幹事。」峰仔低頭摺元寶，聲音有些含糊。阿周的動作停了下來，他問：「即是做甚麼的？」峰仔想不到怎樣解釋，好一會才答道：「即是辦活動，聯絡街坊。」芳忍住，沒有發作，瞥了兒子一眼。這些工有甚麼用，兼職，沒有前途，自然是全職工作穩定。

阿全依然站着，微微伸展雙腿，顯得有些累。起初他們不知要說甚麼，直至阿周首先打破沉默。「還未吃飯嗎？」阿全有些意外，並回應：「待會有齋菜送來。你要不要吃？」「我放工吃了飯才過來。」阿全望着椅子上的馬報，問：「現在你去哪裏看馬？」「去馬場。」阿周的尾音有些高，彷彿有點得意。以往每個周末下午，他都去阿全家，看電視轉播。轉播往往遲兩三秒，收音機宣佈了名次，他們仍神情激動的，盯着投注了的馬匹衝過終點。現在回想起來，可真沒趣，但十多年就這樣過去，好像不過是阿全在午後煮一個公仔麵的時間，然後兩個人分食。「公司貨量有沒有增

長？」阿周打探。「有多有少。」阿全説得有些含糊。「你這樣説，即是沒有增長。」識了阿全十多年，他的語氣瞞不過自己。「整個行業都沒有增長。」阿全反駁。

「我走了之後，公司有沒有請人？」阿周離職超過年半。「沒有，現在兩個人做四個人的工作。」阿全眼神望向靈堂上方，避開了周的視線。「那時候好像不止有兩個。」阿周睜大眼睛。「後來又炒了一個。」他現在才知道。「出入口，都是你一個人做？」「空運都要做。」阿全合上眼、想起許多舊日的事情。「人工加了不少吧。」阿周追問，但得不到回應。「那時候應該聽我的，和上面説清楚。」過去了的事，説來也覺得無謂。「老闆是大陸人，跟他們説都沒有用。」阿全堅持自己多年來的看法。「其實你和他們都沒有分別。」他打量着舊朋友。這句話，阿周記得自己許多年前都説過。

阿芳一直聽着他們的對話，摺了不少金銀。紙袋還是沒有滿。後來，她直接把金銀冥紙灑到火爐裏。

「甚麼時候收樓？」阿周的聲音，把芳拉回到麵檔。「過年前便有。」她其實沒有把握。「你呢？」阿芳望向廚房。「已經拿了鎖匙。」周的尾音拖得很高，笑容是芳從來沒有見過的。她不知道，他等了九年。「派到哪裏？」她好奇。「東涌，單位全新。」「好遠。」周收起笑容，抬頭望着懸在牆角的電視。「有就不錯了。」他上次入息審查，超出了幾百元，等了半年，上訴，才成功。「有了地方，有沒有打算結婚？」「哪有錢。」「賭少些，不就有錢。」他不

是沒有想過，娶個大陸女人來香港。生兒子，一家三口，可以申請調遷，換一個大些的單位。突然，辣油嗆鼻，惹得他咳嗽連連，肩頭抖顫，得慢慢回過氣來。

事頭婆從廚房喚她。芳過去，把外賣裝好，遞給客人，收錢。店裏的客人坐得疏落。芳沖了一杯熱檸水給自己，沒有加糖。雙手握杯，指尖才緩緩回復暖意。膝蓋有些軟，不由得坐在阿周對面。

「這裏沒有冷氣。不如坐那邊？」芳見阿周滿頭大汗。「好。」他捧起碗，走到食店的另一邊。芳替他取回公事包和報紙，站起身時頭有些暈。他脫下風衣，亮出了裏面的工衣，衣領濕了一塊。「你在附近工作？」芳看到上衣的百貨公司標誌。「晚上去做清潔，當兼職。」阿周聲音有些小，把雲吞咬開一半，望着芳的耳朵，沒想到她問：「請不請人？」「我替你問。但你現在住哪裏？」「飛鳳街。」「你搬回去了？」「是的。外面的租金太貴。」加上，她不久前下了很大決心，辭去全職工作。她清楚知道這個年紀很難找到工作。

「這裏的雲吞不錯。」阿周舀了一匙湯，湯上浮着油星和葱花。其實雲吞裏面的蝦不會如此爽口。其實那不是蝦，是食用膠，加入了少許哥士的浸泡，才這樣彈牙。芳起初覺得不妥，後來知道所有餐廳都是這樣做。在食店打工以後，她學會盡量留在家吃，至少不要在餐廳第一輪用餐。「你寫電話號碼給我，有工作我通知你。」阿周的聲音稍大。阿芳把食指放唇邊，眼珠斜乜在廚房的事頭婆一眼，到收銀處隨

沿 岸

26

手拿了一張阿欣的傳單，寫上號碼。「你有沒有微博？」阿周接過傳單時問。「有。」芳記得自己下載了這個程式，但不懂得用。阿周的語速開始放慢：「你有沒有看過阿全微博的相片？」「沒有。」她答。即使會用，也不會看。

阿周站起身，到收銀處付錢。阿芳用筷子把枱上的紙巾掃到碗裏，放進紅膠桶，然後接過鈔票，説：「三十八元。」「不是三十四嗎？」阿周問。芳看着牆上的食物價錢，用計算機計算了兩遍，顯得有些慌亂。「是三十四。」她兌零錢。阿周走前望了芳一眼，撥開厚重的捲簾，拿着傳單，邊走邊讀。

她把污水桶拖去店外面的渠。水滿，隨路面起伏擺盪。每步都有水濺出，弄濕衣服。水面浮盪着樓上單位透出來的燈光。轉角時，力氣不夠，打翻了水桶，水泃湧，朝四方八面漫延開去，她彷彿把自己的力氣倒得一乾二淨。

回到店，手痠軟，垂在腰旁。她按着膝蓋坐下，慢慢緩過氣來。事頭婆在收銀處，結算今日的生意。「芳，我不是第一次説的了。你要記熟食物的價錢。」事頭婆説話帶着鄉音。她看看四周，店裏只剩下她們二人。事頭婆提早把冷氣關掉。計算機按鍵的聲音異常響亮。「晚上人多，很容易出錯的。」她補充。「知道，知道。」芳虛應，臉上掛着笑容。這裏是車仔麵檔，有三四十款餸，她不過是做了一個月兼職，怎記得熟。芳心裏想，但沒有説出來。「還有，下次不要掛着和客人聊天了。」事頭婆繼續説。芳發呆，沒有力氣回話，只看着店外，門前的水痕還沒有乾透。外面的摺枱

還沒有收起來，麻雀在夜空中劃過弧線，不偏不倚地落在枱的中心。

「這是今個月的錢。」事頭婆把現金放到阿芳的面前。時薪四十。她數算了幾遍，有些不確定。

好像已經過了很久，原來不過十時。芳走路回家，經過樓下的連鎖茶餐廳。地方比英記大得多。燈光白得刺目，裏面的員工兩兩三三閒聊着。客人揚手，侍應慢慢走近，然後又回到原來的位置。她見到峰仔坐在玻璃外牆的卡位，電話貼在耳邊，右手拿筆。枱上放着一疊文件、一杯凍檸茶和一碗麵。

她走到玻璃旁，峰仔沒有發現她。他偶爾縮起肩膊，用頸側夾着電話，騰出左手，低頭把麵條撥入口裏。她站了一會，知道自己走開，繼續走回家，峰仔也不會察覺。不打擾對方，可能更好一些，就像兒子從不去英記吃飯一樣。這個想法在她心中浮現。隔着玻璃，她感到對自己的陌生。峰仔打了一個呵欠。她玻璃上的倒影和兒子的身影疊合，她發覺他們多麼相似，工作至夜，疲憊，休息時分享同一個空間。她搖頭，等兒子放下電話，她輕敲玻璃，驚動了他。

餐廳的自動門開啟，她走進去，順着峰仔的目光走近。她剛坐下，他再次把電話放到耳朵旁邊。她望着兒子的吸滿湯發脹的麵，突然感到餓了。她的目光來回掃視餐牌，始終沒有決定。最後揚手，點了一份灼菜芯。她的手掃過身上的衣袋。她低頭，翻動手袋，把裏面的東西拿出來，放到桌上。

兒子的電話似乎沒有打通。他在文件的一欄，畫下一個交叉。文件上面每一欄都是人名和電話，密密麻麻。「打電話給我，我找不到電話。」芳索性把手袋放在桌上。「又是這樣。」峰仔嘖了一聲。他撥出號碼，便有鈴聲響起。芳在手袋內層找到電話，沒有接聽。她用餐紙沾水，抹乾淨螢幕。

　　她望了兒子的文件一眼，說：「這麼晚了還要工作嗎？」「是，打電話給街坊。」峰仔喝了一口凍檸茶，望向另一個電話號碼。這次撥通了，他依舊望着她。峰仔說出自己身份和政黨，話才說了一半，便拉開了電話。被掛斷了。「這麼夜，不怕打擾人嗎？」芳撿拾自己的物件，放回手袋，轉過身，留意侍應的位置，然後取去一束牙籤。峰仔別過了臉，說：「快到選舉了。日間很多人要返工，聽不到電話。」他望着電話螢幕，接着說：「媽，這次不要投票給他們了。」她知道，他指的是欣。但欣有甚麼不好，她並不知道。峰仔沒有打算說下去。

　　「我剛辭了工。」芳望向窗外，自己剛才站着的位置。峰仔沒有回話。「到底甚麼時候有公屋？」她幾乎每天都問這個問題。「幾個月沒有動靜了。當初你叫我辭去全職工作，早知道的話，我就多做半年。」每次談到這個話題，峰仔便不作聲。「你阿爸這麼多年來，一分錢都沒有給我。」她一天的勞累不由得轉化成怒氣。「你只管做兼職。這些工掙不到錢。我將來的生活怎麼辦？」「是你決定辭職的，我沒有逼你。」峰仔忍不住反駁。「你說我不辭職，過不到審

查，沒有了間屋，要負很大責任。那麼，我可以怎樣。」她的聲音愈來愈大，惹得附近的食客回頭望過來。他們為此爭吵過不止一次。

侍應走過來。她的年紀看上去比自己大。她放下菜芯時，手腕有些顫抖。在這樣的距離，芳才看清楚她臉上的妝容裏的皺紋。菜青綠，冒出熱氣，份量較想像中多。菜葉和莖分開，放得齊整。蠔油沒有倒在菜上，而在碟的邊緣，正合阿芳的心意。她取筷，把菜往嘴裏塞，吃得有點急，幾乎燙傷了舌頭。她夾起跌落枱上的菜莖。「慢慢吃，不用急的。我們凌晨才打烊，現在時間還早。」侍應一邊說，一邊拿起他們的帳單，寫上價錢，字跡潦草。芳看着她的背影慢慢走開。她穿着和其他侍應一樣的服裝，從較遠的位置看，你幾乎無法分辨他們。她羨慕過着這樣的生活的人。

轉眼間，她吃了一半，心情稍稍平復下來。兒子正在談電話，問街坊的單位多少人住，在文件上記下剔號。這樣大概可以估算到下次選舉得到的票數。玻璃外有路人經過，好奇他們在吃甚麼。他掛線後，芳擺動筷子：「一起吃。一個人吃不完。」她留下菜葉，把菜莖夾到自己的碗裏。峰仔不為所動。她看着那個厚重的文件夾，問道：「還有很多嗎？」她累得隨時可以睡着。不然的話，她也許可以幫忙打電話，記下願意花時間傾談的街坊。

「你先上去，我稍後上來。」峰仔嘆了口氣，手垂下，像失去了關節，頓然是自己剛才的模樣。他掌邊的筆墨比自己染得更深更藍。她轉身離開，留意到餐廳的牆壁發白，沒

有原來的亮眼。侍應在白光下走動，影子淡薄。她站起身，差點沒有站穩。她走到收銀處，身後傳來兒子說話的聲音。她先行結了帳，瞥見門口旁邊貼着阿欣的海報。這是她剛才沒有發現的。自動門打開，她回頭看了一眼。剛才的侍應放下地拖，收起在燈光下銀光閃亮的鐵製餐具。她走出不遠，覺得自己只想回到裏面去。

　　突然感受到手袋裏傳來震動。電話鈴聲響了起來。

* 本文榮獲第十屆大學文學獎小說組冠軍。

———●———

評語

勞工階層婦人與兒子的小故事，以精微細節透現生活，氣氛掌握頗佳。對當下政治，似欲言又欲止，散發着的冷漠與無力感，也許是時代的詛咒。

——羅貴祥

本篇以議員選舉為題，以一對母子的日常生活開展，具高度的現實性，本不易轉化，但作者組織內容、駕御文字的能力極高，能把生活瑣事拼合後突出主線，同時頗能切入兩位背景、身份和觀點各不同的主角內心，最後的「選擇」／「呼籲」亦不算太顯露。

——陳潔儀

導讀

　　香港地少人多，是世界上人口密度最高的城市之一，住屋問題一直困擾着不少香港市民，許多人的一生都為了房子而拼搏，有能力「買樓」的中產如是，輪候公屋的低收入家庭亦如是。小說以立法會選舉為背景，寫一個勞工階層婦女的困頓生活，除了住屋問題以外，亦揭示了父母與子女的價值觀不同、中港文化差異等社會問題，相當真實。

　　根據香港政府的統計資料，2021-2022 年度一般申請者獲派公屋的平均輪候時間為 6.1 年。與此同時，香港的生活成本指數長期居高不下。公屋申請人須經入息審查，收入不能「太高」，但在輪候期間，申請人往往仍要負擔高昂的屋租和日常開支，這便是小說主角阿芳所遭遇的困境。她從內地來港，雖然努力工作、認真生活，但仍遭到本地人歧視。為了申請公屋，她請議員幫忙，又辭去了全職工作，另於車仔麵檔兼職，人到中年才要重新適應新的工作，辛苦可想而知。兒子雖已大學畢業，但任職社區幹事，工資低，沒前途，這讓阿芳頗為不滿。她和兒子是相似的，但又截然不同：相同的是，為了改善生活，母子兩人各自辛勞。相異的是，阿芳選擇安守本分，專注當下，做一個勞動婦女所能做的，多勞多得；兒子則選擇寄望未來，希望透過體制，從大處改善整個社會的環境，期盼人人皆可受惠。因為成長背景、經歷、時代的不同，導致了兩人（或兩代人）的分歧，實在無可厚非。故事在平靜中暗藏生活的衝突起伏，節奏氣氛控制得宜，並不激烈。作者觀察入微，敍事成熟流暢，頗能反映人物各自的處境和心思，帶出生活的種種無奈。

一刻　　文樂瑤

我們都是由無數個片段所組成的。

人們往往以為重要的只是作出決定的一刻，其實那一個個普通平淡的時刻才叫人難忘。

生活中太多那樣平凡又雜亂的時刻了，一個接一個地發生，從沒喘息的一刻，就這樣霸道地充滿了生命，無時無刻都在更新我。而那些作出決定的瞬間雖然影響了我接下來所經歷的旅程，但那些平淡的片刻才是我真正經歷着的，也是確確實實使我豐富起來的一刻。

幼時對回憶沒有概念，經歷的時刻太少，自然也沒有甚麼難忘的事。隨着年歲漸長，經歷的事漸多，心智隨之成熟，想要記住的時刻多了，不得不銘記的時刻多了，可以回憶的片段自然也多了起來。而那些時刻總會在夜闌人靜之時悄悄打開回憶的匣子跑出來，在我的腦海中浮浮沉沉、重播又重播，逼我重新細味它們曾為我帶來的感覺。

深夜最常想起的莫過於幼時父親哄我入睡的時刻。直至小學時，父親每晚都會為我講睡前故事，樵夫與美人魚、海底龍王等等古靈精怪的奇幻故事——往往都是那幾個我也倒背如流的故事，但我始終樂此不疲。小時候不喜歡睡覺，每每故事講完之後仍不肯罷休乖乖入睡。而父親也耐心哄迗我，為我數綿羊。

「一隻綿羊、兩隻綿羊、三隻綿羊……」

很多時候總是父親把自己催眠了，還要我拍拍他的大肚腩，喚他起來繼續數。父親最後一次為我數綿羊的時候，我大概也意識不到那個平凡的夜晚是父女倆最後一次睡前故事的時間，也意識不到那晚最後一隻跳過欄杆的綿羊，是父親為童年的我數的最後一隻綿羊。到底是第八十八隻還是八十九隻呢？

除了某些時分會使回憶不請自來，熟悉的味道也會常常把我早已沉澱的回憶片段勾起，伴隨着的多數是淡淡哀愁，那些時刻令人留戀，卻又是正在逝去的時光。只可感受，不可擁有。

早秋的清晨冷冽，秋風掃過每一寸皮膚，輕柔的觸碰叫人沉醉，那是秋季專屬的氣味，不熱烈不冷漠，是自然的馨香，那柔軟的季節氣息正在包圍着我。穿着整齊校服，站在月台上等候那班載我上學的列車，竄入鼻腔的秋早熟悉的氣味使我不期然想起升上中學後的第一個秋天，同樣是站在月台上期待列車到來、期待着迎接人生一段新旅程。

六年寒暑更替，在秋天早晨佇立、候車上學的日子已經在一天一天倒數了。我突然意識到不久之後，我便要失去經歷這些平淡而日常的時刻的機會了。

我正正是由這些片刻所組成的存在，開始與結束、喜悅或憤怒、平淡和驚奇，是一刻又一刻地累積。不管我是否意識到那些時刻的來臨或流逝，它們都存在着，然後在我的生命中留下印記，提醒我，我是以甚麼形式存在着。

*本文榮獲第十屆大學文學獎傑出少年作家獎。

●

評語

一篇精彩耐讀的文章，鋪排有節有度，情感藏露得當，收放
自如。最欣賞清晨候車的一段，長句運用自然，不累贅，帶
出漫長等候的感覺。

——梁科慶

形散神不散。

——余龍傑

字裏行間流露淡淡哀愁，寫日子、季節更替然後成長，情意
頗自然。

——游欣妮

導讀

　　本文寫平淡的時刻。平淡即平常的、沒有曲折的。既然平
淡，又有甚麼好寫的呢？作者認為：「但那些平淡的片刻才是
我真正經歷着的，也是確確實實使我豐富起來的一刻。」因
此平淡雖然不稀奇，卻十分重要。

　　要把平淡寫好並不容易，作品以特定的時分（睡前時間）
和氣味（秋天清晨冷冽的空氣）為線索，挑選了兩個平淡但重
要的時刻——前者是小時候父親說睡前故事的時光，後者是
清晨在月台候車上學的一刻，生活化的取材容易讓讀者產生

共鳴。其實作者所感懷的，是時間的流逝、過去的不復再，正是「當時只道是尋常」。意識到這一點，是成長所必須要經歷的。

　　作品的文字樸實無華，配合「平淡」的主題。行文流暢，情感自然流露。

他對我笑了 吳靄琳

我坐在醫院的長椅上，手指緊緊攢着旅行袋。那扇門背後躺着的是我的父親，儘管我已多年沒有用「父親」二字稱呼過他。

*　　*　　*

我童年的夢魘不是成績表上的紅筆，也不是躲在窗簾後探頭而出的鬼魂，而是那一觸即離的溫度。

母親的輪廓早已變得模糊，而被記憶定格的，就只有她那雙手附有的、令人眷戀的溫度，儘管那抹溫暖一瞬即逝。

從我記事起，父親硬梆梆的臉上從未掛過一絲笑容，亦沒有任何別的神情，雙唇總抿成一條毫無生氣的橫線。自幼年起，父母的吵架聲從未間斷過，激烈的指罵聲過後，便是瓶罐墜地的乒乒乓乓。在一次又一次的吵架裏，父親的容貌仍是如初的木訥，可母親的模樣卻漸漸變了。不知何時，她腳下破舊的人字拖已經換成了高跟鞋，項上多了串珍珠項鍊，飄逸的新衣裙上，亦漸漸添上了一陣不知名的香氣。

可她依然會對着我溫柔地笑，大手輕柔地包覆着我的小手，指尖的脈絡傳來熾熱的溫度。這是小時候的我偏愛母親的原因，只因她會笑，而父親不會。

可有一天，我發現母親正偷偷地把衣櫃裏的衣物，移到

一口旅行箱裏。

「媽媽，妳在幹嘛？」

她回過頭，朝我嫣然一笑。那笑容似乎與平常的無異，又似乎有點不一樣。

那天晚上，父親躺在我的床上，陪我入眠。我問他，媽媽要去哪兒。他說，妞妞，別怕，媽媽哪兒都不去，會永遠陪着妞妞。他似乎在想着要哄我，臉上卻只能擠出一道比哭還要難看的笑。我翻過身去，不敢再看，心想：「媽媽若是要走，也是被你這見鬼的神情給趕跑的。」

第二天起床，我卻發現母親擱在衣櫃前的旅行箱已不翼而飛。匆匆跑到客廳，母親在門前整齊排列的高跟鞋亦已消失得無影無蹤。我彷彿能聽見它們「咯，咯，咯」地走出我的生命。

爸爸騙人。

＊　　＊　　＊

這些年來，就只我們兩個人過。

父親替我買衣服，卻硬是買成了大桃紅的女裝，上面不是縫着大大的粉紅色蝴蝶結，就是黏着五顏六色的珠片；月事初次來臨時，他手忙腳亂，最終選擇遞來一大堆衛生紙。而我，從未吝嗇於把心中的怨恨發洩到他的頭上。

他性子一板一眼，不愛說話，就像家裏的老式時鐘，掛在牆上笨頭笨腦的，而且每天只叫兩次，早晚各一次。早上出門前一句「路上小心點」，晚上回來時一句「早點睡」，

就成了那永遠抿成一根直線的雙唇每天僅有的話語。

　　他要上班，可出門前總堅持為我準備午餐，儘管他只會做番茄蛋飯，而蛋每次都是焦的。我心不在焉地用叉子把炒蛋戳出了一個又一個的窟窿，可飯菜仍然默默躺在原地，不作聲，一如父親嘴邊顯得苦巴巴的皺紋。

　　只記得有一天晚上，桌上又是那清一色的番茄炒蛋。我緊蹙着眉頭，父親卻難得地開口了：「是飯菜不合胃口嗎？」

　　我已不大記得那一晚衝口而出的怨懟之辭，卻只記得謾罵過後殘酷的結論：「若不是你，媽媽根本不會走，今天餐桌上就不會是這道菜，餐桌旁的人也不會是這麼的兩個人！」

　　他面無表情，從飯桌前站了起來，邁向自己的房間，影子在昏黃的燈光下拉得薄薄的。

　　第二天，我們坐在餐桌前，有默契地恢復了互不打擾的寧靜，彷彿一切都不曾發生過。

　　我以為我們的關係會一直停留在這層冰冷之中。

　　直到昨天晚上。

＊　　　＊　　　＊

　　我從因式分解中抬起頭來時，時針已悄然攀過了凌晨的里程碑，開始新一天的運行。

　　可他，好像還沒有回來呢。

　　電話響起了，我連忙拿起話筒。「喂，是阿柱的女兒嗎？我是你爸的工友，你爸暈倒了！現在在 XX 醫院，你替

他收拾點日常用品送來吧。」

空氣似乎凝結了。

就這樣，我顫抖的手握上了父親房門的門把，十幾年來第一次踏進父親的房間。

床角靠着的，是我八歲時想要，卻惱恨爸爸買錯了的洋娃娃。

桌上擱着學校寄來的學費單，單子下面疊着一疊皺巴巴的鈔票。幾本複印版、因常常翻而起了毛邊的《分齡育兒大百科》、《家常小菜 30 道》，散落一桌。

窗台上趴着一個背朝上的相架。我小心翼翼的把它扳回，卻見照片上，是年幼的我伏在他的臂彎裏，巧笑嫣然的模樣。年輕的父親褪去了滿頭白雪，瞧着懷中的我，眸子中蘊的，卻是一層我從未見過的笑意。

這是一個多年來父兼母職的父親的房間。一個木訥寡言，卻也盡忠職守的父親。

我捧着照片，心中纏繞的藤蔓，彷彿放鬆了它的箝制。

*　　*　　*

「來啦？進去吧！」爸爸的工友發現了我，興沖沖的向我揮手。

我猶豫。我倚在病房的大門前，悄悄探出頭，透過玻璃凝視着爸爸的臉。只見父親躺在病床上，病房的燈光為他的頭髮鍍上一層金黃，卻仍掩蓋不住原來的花白。

父親是何時在我的冷漠中，偷偷長出了這麼一頭斑白的

頭髮的呢？

蕃然，腦海中景象翻動——剛下班一身油污、滿頭大汗的父親走進女裝部為女兒選購新衣；父親頂着別人奇異的目光，在超市裏盯着整排包裝、顏色各異的衛生棉，正為初潮的女兒發愁；怕外面食物味精太多的父親，堅持着每天為女兒張羅「住家飯」；女兒要進直資名校讀書，父親就兼兩份職，甚至幫人替更⋯⋯

我深呼吸，推開了病房的大門，嘴唇開合，是久違了的二字：「爸爸！」

他扭過頭，眸子因這塵封的稱呼而染上了一抹詫異。可緩緩地，他的嘴角開始微微向上翹，最後綻放成一抹完全的笑容。笑意掩着他臉上皺紋的脈絡，爬到他揚起的眉毛，和微微剔起的眼角上。

他對我笑了。

* 本文榮獲第十屆大學文學獎傑出少年作家獎。

———————●———————

評語

從女兒的視角，寫出父兼母職的大男人的辛勞與無奈。在小女孩眼中，會笑的母親與木訥的父親，對比鮮明。以老式時鐘比喻父的一板一眼，貼切傳神。女兒對父愛由不理解至體諒，轉變過程雖帶點戲劇性，寫來亦合情合理。

——梁科慶

寫女兒初潮一段很真實，女兒走入父親房間太刻意。

——余龍傑

以女兒的不懂事、不體恤、冷漠，甚至對父親誤解突出父親的形象，題材和所選材料屬尋常，然情節頗為真摯自然。

——游欣妮

導讀

〈他對我笑了〉從單親家庭女兒的角度書寫身兼母職的父親的辛勞，以女兒的埋怨和怪責反襯父親堅忍、默默付出卻不被理解的父愛。作品中父親木訥笨拙的形象塑造得相當具體，例如透過母親溫柔的笑、熾熱的手來對比父親「雙唇總抿成一條毫無生氣的橫線」，以「掛在牆上笨頭笨腦的老式時鐘」比喻父親一板一眼的性子，又以餐桌上一成不變的番茄炒蛋、女兒初潮時手忙腳亂的反應等生活細節為例，進一步深化父親木訥寡言的形象，使人印象深刻。

夜夜朝朝斑鬢新　　梁詩韻

一

　　維園年宵花市一片狼藉，這是年三十的破曉時分。霞光未現，夜幕那麼長，晨霧雨粉更讓人覺得天寒地凍。這時候，人呼出的氣息如霧般清晰可見，氣息原來吐自幾位蹣跚的清潔老婦口中。

　　轟隆、轟隆……鏽跡斑斑的手推垃圾車時停時走，聲音迴蕩在空曠的維園，聽着讓人揪心。窸窣、窸窣……清潔婦人喜歡用垃圾袋作雨衣，雖然披在塑料的反光工服上會摩挲作響，卻勝在遮風、擋雨、保暖。

　　忽然，剛上班的監工依次提醒這群老婦：「各位婆婆，辛苦了！記得六點半前要收拾乾淨……」

　　明珠其實不老，今年不過四十出頭，然而日曬雨淋下，渾身膚色都顯得有些枯槁，背脊因為長期負重而略佝僂，嘴角有了銀白的鬢髮。她穿着長了半截的男裝拖鞋，踏着深淺不一的步履加緊收拾。她喜歡年宵，平時清潔都是自己一個人走遍大街小巷，此刻年宵卻會見到幾個同行，這很熱鬧。

二

　　明珠正在收拾紙皮，放上手推車，半天已從指縫間溜

走。她畢竟是清潔替工，掃完維園，匆匆脫下工服，就去賣紙皮幫補家計。年三十，天氣更陰鬱了，所幸沒有雨，蕭條無人的大街，萬物都冷得像凝滯了一般，然而看看明珠那搖搖晃晃的身影，卻又恍悟它仍在流。明珠手腳麻利，捆起一疊又一疊紙皮，然後就抬起鐵罐在上面澆水。她想：今天要多收拾幾間，否則新年商舖休市就沒有甚麼收穫了。她把滿頭的汗都蹭在衣袖上，繼續前行。

她來到食肆林立的浣紗街，這是她午飯前的最後一站。行人道上，成雙成對的年輕人正搭肩牽手，歡聲笑語不止。明珠推着笨重的手推車在眾生中穿梭，沒走過一個街口就啞着嗓子粗聲粗氣地喊：「借借！」情侶立刻急退如潮，大家都避她如蛇蠍，生怕沾上絲毫晦氣。人如果太多，她索性走到車道上，然而她每次都在車道上小跑，因為貨車司機嫌她擋路，私家車車主又怕她劃花了他們的愛車。響鳴驅趕她已是客氣，脾氣暴躁的司機索性對她破口大罵。

人的目光如有實質，她每次和行人擦肩而過，都能感受到這些人在背後如何打量她這不入流的異類。脊梁上一道道芒刺，狠狠扎進明珠心底，很冷，那是讓人如墜寒窖深潭的冷。可她又能做甚麼？她甚麼也做不了，她不過是過街老鼠罷了，永遠找不到棲息之地。

三

收集完最後一批的紙皮和發泡塑料，明珠拐彎走進陰暗潮濕的後巷裏，把手推車擱在一邊，抽出埋在紙皮堆裏的塑

料飯壺，倚着牆屈膝蹲下。在衣服上擦了擦手，打開了保溫壺。保溫壺有昨晚剩下的飯菜，本來青綠的小棠菜現在黃得像梅菜，魚肉的腥味撲鼻，然而餿味的熱飯仍比冷菜好。她坐在餐廳後巷的樓梯口，一口一口扒起壺中飯。

疏刺刺、疏刺刺……要說她身上最光鮮的地方，便是掛在腰間的鑰匙正鏗鏗作響。亮晃晃的它與明珠格格不入，但她毫不在意，由着它吊在腰間的鐵環中孤零零地搖啊搖。明珠很喜歡它，吃飯時，總是要先在碎花棉褲上手一抹，再將鑰匙取下來把玩，渾濁不清的眼底滿含嚮往。

她支撐着膝蓋站起來，略彎了彎腰，一手扶着牆，一手扯着手推車的橫竿，小心翼翼地邁出左腳，緩了緩，又小心翼翼的邁出顫顫巍巍的右腳，就這樣慢慢地走着。她小心翼翼，因為她聽過新聞報道。行裏不乏心急的人，吃飯後，口中的飯菜未咽下，就匆匆起身推車。這人不知道自己正發高燒，以為只是天氣熱，飯後一口氣喘息不來，腦袋一缺血，就這樣當場暈倒。暈了近一小時，才被途人發現送院救治。可惜，這同行最終半身不遂，原因是「中風」。

四

明珠最喜歡在撿紙皮的時候站在茶餐廳亮得反光的玻璃前偷看。她不敢轉過頭去看，怕碰到別人嫌棄厭惡的眼光，於是只能一邊做事一邊斜着眼睛看，她總能從中自娛自樂。

坐在卡位的光頭男依舊吃着四十五元的番茄炒蛋飯加熱檸蜜，跟茶餐廳的伙計交談；紮馬尾的小女孩看着自己的兒

童餐驚歎不已，嚷着要用手機拍照，發佈限時動態。今天似乎來了個新面孔，她踢着三吋高的高跟鞋，手挽黑色香奈兒皮包，胸前掛着一副用作裝飾的太陽眼鏡，坐在窗邊兩人座位的木凳上，疊着腿捲着金褐色的頭髮看手機。她就這樣坐着，甚麼都沒叫。

察覺到明珠的目光，她抬起頭來，怔了怔，明珠慌忙彎腰躲避她的目光，繼續與腳下的鐵罐奮鬥。當明珠再次把眼睛移到茶餐廳裏的時候，人呢？不見蹤影，只留下黑皮包與太陽眼鏡。一隻手在明珠的肩膀上拍了拍，她僵了下，轉過頭來發現那珠光寶氣的女士正站在面前，向她點頭微笑。明珠試圖從她眼底尋出一絲「假」，卻無功而退。女士開口了：「姐姐你好啊！新年快樂，早些跟家人吃年飯吧！」說罷從口袋裏掏出一個印着金色福字的紅包，雙手遞給明珠。明珠怔怔地望着那薄薄的紅色，用顫抖的雙手接過紅包，模糊地說了聲「謝謝」！

女士走遠了，明珠才把紅包塞進紙皮堆底，慢慢離開。當晚一夜無夢，明珠不過凡塵中很小、很小的一顆，她微不足道得連夢的滋味也不太記得。總是累得倒頭一睡，直到被破曉的鬧鐘吵醒。

大年初一，她回到一片狼藉的年宵花市，走了一段又忽然站定，摸了摸腰間的鑰匙，紅着眼眶沒頭沒尾地嘀咕一句：「終於有人看到我了，新年快樂！」明珠清晰記得，女士叫她「姐姐」。她們同年，她覺得這樣就夠了。

*本文榮獲第十屆大學文學獎傑出少年作家獎。

———•———

評語

出色之作，人物描畫細緻、傳神，環境與人物的對比，巧見心思。敘事鋪陳有條不紊，關心草根階層，以人間有情作結，沒呼天搶地的控訴，隱見大家的氣度。

——梁科慶

書寫社會上人們生活階層的明顯差異，欣賞描寫人物時甚具細節，亦善用襯托突出人物形象，使之更立體。結尾餘音裊裊，動情但頗節制。

——游欣妮

導讀

　　這篇作品以中年婦人明珠為主角，描寫清潔工的辛勞以及所遭受的歧視，展現出對弱勢社群的關懷。

　　作者注意到長期受社會大眾忽視的草根階層並代入其處境，可見具備過人的觀察力和同理心。作品透過環境的烘托，從多角度建構主角的形象——不論是在喜慶的年宵花市、熙來攘往的大街還是燈光明亮的茶餐廳，人們都很少注意到（甚或有意無視）這麼一位工作辛勞、生活拮据的清潔工：「她不過是過街老鼠罷了，永遠找不到棲息之地。」難得的是，雖然她早已習慣旁人對她避如蛇蠍、甚至破口大罵，但並無失去生活的熱情及勇氣，可見作品並不止單純揭

露清潔工的辛酸，更為重要的是展現草根階層的韌性。作品的結尾頗為出人意料：一位珠光寶氣的女士雙手遞給明珠一個紅包，並真誠地祝福她新年快樂。如果説社會對清潔工帶有成見、認為他們污穢不堪，那麼大眾對衣著光鮮的有錢人，又何嘗不是戴着有色眼鏡去看待呢？能夠突破社會定型，用心看待社會上每一個個體，令作品的內涵得以提升，因而更為可讀。

香港的女兒及其父親　　彭慧瑜

　　他把鍋裏的大蝦倒進碟子裏，香噴噴的味道隨着白煙飄進鼻子裏。他端了碟子，和另外幾碟飯菜到飯桌上蓋住。他看着窗外漆黑夜空中懸掛着一抹彎月，心裏期待又興奮——今天是女兒的生日，他特意早早起了床，在太陽還沒有與大地露面之前到了市場，買她喜愛吃的大蝦，與煮食油、煮食爐的熊熊火焰搏鬥好一段時間，才做出茄汁大蝦，希望能哄她開心。

　　「滴答滴答」，時鐘的短臂滑過了「七」字。

　　他一如既往地坐在女兒以前給他買的木造沙發上，翻開早上看過的報紙，一頁一頁心不在焉地翻着，耳朵小心留意門外會否傳來「咔嚓」的鐵閘聲。

　　這樣的行動已成習慣。自從她踏足社會後，每天在職場打滾，總在星星都出來值班後才下班。當她踏進家門，終於能把沉重的耳環脫下、把又厚又濃的粉底抹去、把束縛她雙腳的高跟鞋脫下時，才驚覺又硬又冷的沙發上的他早已沉沉睡去。很多時候，他為她留下了許多飯菜，但在一場場戰爭以後，身體裏的力量像檸檬被榨成檸檬汁後，一滴不剩，只足夠她躺在床上以指尖輕掃電話的螢幕，任由父親的血汗，

一下子送進垃圾桶的大口裏，讓無盡的黑洞把它們吞掉。

其實，他不是沒有想過給她打個電話，留個言。只是，曾經有一次，他給她打了一通電話，但他聽到的，卻是她在電話的另一端含蓄的埋怨，他可以想像，她跑到會議室的門外，拿着電話，鮮紅色的唇斂氣凝息，眉頭皺出幾條小蟲，在她塗滿一層層的粉底的額頭上蠕動。他的掌上明珠，掛斷電話後就低聲下氣地向大客戶鞠躬道歉。因此，他不願，不願女兒受委屈，更不願，為她增加了自己不可能明白的困擾！他，已習慣了抑壓自己最原始的權利。

「滴答滴答」，時鐘的短臂指向了「八」字。

他看着滿桌的飯菜，總覺得欠了點甚麼。他即便起身，穿了人字拖，帶了錢包出門。「文青少女」餅店的水晶吊燈發出一絲絲似是透明的白光，放着各種具長長名字的餅點，是一個又一個的問號。女店員穿着公式化的制服，擠出禮貌的鞠躬，代表着生活態度，黑板上一串串的密碼，像是向他揮舞着、炫耀着些甚麼。他心裏一怯，手不自覺地抖了抖，結結巴巴地說他要一個芝士蛋糕。他經歷了一個漫長的解碼過程，希望從這一堆堆陌生的青春符號，找回一個綁着雙馬尾、吃蛋糕時臉上還黏上了一塊塊半液體的白色奶油的身影。

在明亮的彎月的映照下，他提着蛋糕，輕快地走回了家。

「滴答滴答」，時間依然一點一滴地在指縫間流去。他

看着桌上原封不動的食物，心中再度響起了打電話的衝動，好像早晨的鬧鐘，嗡嗡作響，怎樣也關不掉。八時半了，該開完會了吧？今天是她的生日，她該不會責怪我吧？他深吸了一口氣，按着滿是期待的內心，拿起了電話，滿佈皺紋的手笨拙地按下一串熟悉的數字，那串常在心中記起的數字。那白髮蒼蒼的身影，用盡了身上的力氣，按每一個鍵，力量似在指尖間流失，全身都在微微顫抖着，他屏住了呼吸，站穩了腳，期待電話的另一頭傳來他夢寐以求聽到的那把聲音⋯⋯

「嘟嘟⋯⋯」機械式的聲音不斷重複地在耳邊響起，「嗡嗡」地製造了一個黑洞，把他的希望都吸進了去，從此消失不見。「電話暫時未能接通⋯⋯」喉嚨一陣酸酸的，口裏輕輕唸了兩句，便緩緩地放下電話。他坐在沙發上，依舊拿起了報紙，雙眼空洞而無神地四處晃蕩。一陣暈眩，那牆上的時鐘好像與那個蛋糕融合在一起，他又彷彿看見了滿天繁星，星星中映照那個小女孩吃着蛋糕，臉上都是奶油，酒窩都跑出來了⋯⋯

歲月似是一股浪，把一切沖淡了。

她坐在電腦前，伸了個大大的懶腰，收拾好公事包，準備離開。「滴答滴答」，時鐘的手臂指向了「十二」。

原來已是第二天凌晨了。她打開電話，看見一則留言。她皺了皺眉頭，按了接聽鍵，把電話湊在耳邊：

「女兒，生日快樂⋯⋯（開始了嗎）呃⋯⋯家裏有好

多飯菜，記得……記得把它們叮熱再吃（聽到吧）晚上……街上危險，早點回來。嗯。（沙沙……怎麼關掉它）嘟嘟……」

「滴答滴答」，時鐘說現在一時多了。

她脫下了束縛着自己雙腳的高跟鞋，脫下了沉重的耳環，抹去了又厚又濃的粉底。飯桌昏暗的光還是亮着，照亮桌上的大蝦和芝士蛋糕。印象中，她好像只是略略提過自己喜歡吃大蝦和芝士蛋糕，沒想到他卻牢牢記住了。她走近了他，他「呼呼」地睡着，白髮隨着窗外的風輕輕擺動，她驚覺，他臉上的皺紋竟像樹的年輪一樣，成為了不可磨滅的痕跡；她驚訝，他的手竟如冬天的冰雪，失去了原有的溫度；她驚見，他的頭髮走過了時裝的表演，換上了白色的衣裳。

歲月似是一股浪，無情地在人身上劃下痕跡。

她拿走他手中的報紙，拿了一張被子給他蓋上，又坐在飯桌上。這次，她沒有倒掉任何飯菜，一口一口地咀嚼，把它們一一吃掉。大蝦的外殼早已剝好，酸甜佈滿了她的味蕾，順滑的質感中帶點溫熱，她把如海綿似的蛋糕切開了一半，害羞地露出黃色的內餡，濃郁的芝士味和淚水結合在一起，又甜又鹹。她感嘆在香港要成為一個女兒，就要在酸甜鹹苦的縫隙之中掙扎，而父親卻在掙扎之中逐漸消忘。

皎潔的月亮掛在天空，圓圓的一個，為他們久違的團圓，發出銀白色的光。

* 本文榮獲第十屆大學文學獎傑出少年作家獎。

———————●———————

評語

以時針的指向把小說劃分為五個片段，着墨於父親張羅晚餐
與等候女兒回家，張羅的忙亂，等候的漫長，都令人印象深
刻，尤其等候凝聚張力，效果良好。回憶與現實交錯，處理
亦佳。惟嘗試以「歲月似是一股浪，把一切沖淡了」解釋
女兒的薄情，欠缺說服力。

——梁科慶

父親回短訊一段很有趣，情節較典型。

——余龍傑

能寫出都市人面對生活壓逼的無奈與無力，女兒、父親各有
重擔，試圖改變卻因為種種顧慮而強遏情緒。尤其欣賞父親
心理描寫的部分。

——游欣妮

導讀

　　這篇作品頗能呈現現今都市人在大城市的生活壓力，
以及工作對家庭生活的影響。過長的工時、同事間激烈的競
爭、行業裏一切以客戶為先卻無視員工福利和感受的不良
工作環境，皆是職場的典型生態。作者準確將之捕捉，作
為筆下故事的背景，寫出都市裏兩代人各自所面對的壓力和
困境。

作品寫一個晚上父親期待為女兒慶生，在等候女兒回家時穿插與女兒的回憶和父親事事為女兒着想、不願為女兒帶來負擔的心思，最後以女兒驚覺父親的蒼老作結。文章脈絡清晰，以時針的推移區間開不同部分，突出父親的苦候，同時易於把回憶片段帶回現實，結構順暢。此外，父親為哄女兒高興，特意到不熟悉的蛋糕店買年輕人喜愛的芝士蛋糕、為怕打擾女兒工作而不敢給女兒打電話等等的細節都相當細膩動人。

瓜田舊事　　劉穎欣

他們經常到海邊的沙灘玩。

偏僻的小村子裏能給孩子玩的東西不太多，說到底，這裏連孩子也不多。因而他們的友誼，是同齡人之間幾乎「相依為命」的友誼。

男孩和女孩的家裏都不富裕。唯一的不同之處是，男孩的父母早就去世了，現在只有年邁的爺爺，而女孩只有媽媽。有時在夏天的清晨，要是起得早，能看見巨大的藍色運貨車裝着成批的西瓜沿着公路往地平線上開去。夏天炎熱的空氣裏經常飄蕩着西瓜的清甜香味，孩子們循着這香味不由自主地走起來，走着走着就到了雜貨舖，桌板上碼着切好的鮮紅的西瓜，讓人垂涎欲滴，可惜標價牌上高昂的價格是絕不允許主婦們經常買給孩子們吃的。

孩子們每天晚上嗅着西瓜的香味入睡，在夢裏經常又能見到西瓜晶瑩鮮紅的果肉，但總是在即將咬下那一口時，公雞的長鳴好死不死地響起來，把他們的夢驚醒。

故事就是從這裏開始的。某天傍晚，女孩的媽媽在院裏收衣服，正想着女孩怎麼還沒回來時，她抽噎的哭聲從後方響起。媽媽循聲走過去，見到女孩瞪着淚眼站在門檻外邊。「怎麼回事？」她把衣服擱在一邊問道，女孩的哭聲和眼淚忽地決堤了。「媽媽……我和王樂去吃西瓜……被別人看見

了⋯⋯」女孩的母親神色一凜,「你去偷吃人家的西瓜?誰讓你去的!你吃了多少?」女孩的話語在痛哭聲中變得支離破碎,「我不知道⋯⋯我以為是野西瓜地,王樂他砸了十幾個⋯⋯我們想走,但是王樂被狗拖住了,就我一個跑出來了,媽媽,你救救他吧。」女孩的媽媽摑了女孩一巴掌,「光想着吃!你也不想想怎麼會有這麼好的事,這麼多西瓜白白的給你們吃!」母親驚慌失措的眼淚被強裏在發紅的眼眶裏,女兒放聲大哭起來。她轉身回屋,拉開放錢的抽屜,同時眼淚就撲簌簌地掉下來了。那麼多個西瓜啊,她痛心地撫着那些鈔票,像是撫摸着那些預定要買的冬衣、棉鞋。孩子的學費和母女倆的三餐也都在裏面,沒了這些錢,日子可怎麼過啊。這些年來辛辛苦苦攢下來的錢,一下子幾百元就沒了,她難過地哭着。一會兒,她像是想到了甚麼,把眼淚快速地一抹,拉過女兒問:「就只有王樂被抓住了嗎?」

「就他被抓住了,狗把他的褲腿咬住了。」

「沒人看到你吧?」

女孩搖搖頭,她心裏不知怎的有了不好的預感。

「你聽好了,一會別人問起來,你就說不知道,這不關你的事,聽見沒有?」

「可是⋯⋯」

「孩子,不是我想,是我們家窮,賠不起啊!」母親聲淚俱下地說,「本來就是他不好,帶你去偷東西。被抓住了,也是他活該,不關你的事,聽見沒有?」她拿毛巾擦拭女孩哭花了的臉,「別哭了,這次就聽媽媽的,啊?」

女孩點點頭，依偎在了母親的懷裏。大眼睛裏的淚無聲地流出，她知道家裏的窘迫，不能再給家裏脆弱的經濟雪上加霜。

當天晚上，女孩躲在被窩裏，聽着隔壁男孩的爺爺的哭罵聲。木拐杖一下一下捶打在男孩瘦弱的背上，發出沉悶的聲響。「你這個不肖子……」爺爺飽浸着淚水的聲音也像拐杖痛打在女孩的心裏，她在被子裏偷偷地哭了。

那天過後，女孩變得形單影隻了。男孩不再和她說話，她聽說他輟學打工去了。她也沒有顏面再去找男孩。一個人的日子雖然孤獨，但是也不必再忍受愧疚的折磨。她心中離開村子的想法一天天地變得強烈起來。在初中的剩下兩年裏，她拼了命地學習。日復一日，城裏中學的錄取通知書終於飛進了她家。

母親拿着錄取通知書，笑了，隨即眼淚就從那彎彎的眼窩裏溢出。她看見媽媽又拉開了放錢的抽屜，恍惚間好像又回到了兩年前的那個下午。

她跟媽媽說，要是籌不到錢就算了。媽媽摸着她的臉笑笑，憔悴的眼窩裏發出欣慰的光。可是臨近開學，母親居然奇跡般地籌集了她的學費。她深知手裏這疊厚實的鈔票，是母親低了多少次頭，彎了多少次腰換來的。憑着這筆每年都能正好籌齊的學費，她順利地讀完了高中，拿到了獎學金，進入了大學。她，這村子裏出的第一個大學生，成為了村裏人所羨慕的對象。

王樂沒想到這輩子還能再見到許茵。

她從手提包裏拿出一疊鈔票。「你這是幹甚麼。」他喝止了她的動作。「我來還錢。三年的學費，加上這些年的利息，大概就是這個數了，你算算夠不夠。」

　　他的喉結上下動了動，説：「我不要你的錢。」「拿着吧。」她的眼裏已經蓄滿了淚水，「王樂，我真對不起你。當年大家都不借錢給我們家，我知道的，因為他們看不得別人家有人出人頭地。但是我知道的，每年我要開學的時候，你都把錢悄悄地塞在我家門縫裏……」她哽咽了，「你知道，當年，我們家……」

　　「別説了。」他的眼睛裏也裏滿了熱淚，「當年大家都不容易……我想也罷，你好不容易考上這麼好的學校，不要一輩子折在這個小村子裏，沒有作為。」他擦了擦淚眼，做出高興的樣子來，説：「我給你切個西瓜吧。你當年這麼愛吃西瓜，也嘗嘗我們家自己種的瓜。」説罷，他從冰箱裏拿出一盤切好的西瓜放在桌上。「好，我嘗嘗。」她也抹去臉上的淚水笑了，從盤裏拿出一塊西瓜，咬下去，甘甜的汁液在味蕾上蔓延開來。淚眼朦朧間她想起了十幾年前，他們在沙灘上吃西瓜，她害怕了，問，如果有人來了怎麼辦。

　　「沒事。」男孩笑着説，「他們跑得沒我快，我保護你。」

* 本文榮獲第十屆大學文學獎傑出少年作家獎。

———◆———

評語

王樂的犧牲突出，而更吸引人注意的是書寫女孩因家境、母親而「默許」由王樂獨自承擔偷竊的後果、接受他每年的慷慨資助的內疚和心理掙扎。

——游欣妮

導讀

〈瓜田舊事〉以農村為背景，寫兩個貧困家庭的孩子偷吃別人的西瓜後被揭發的故事。作品裏男孩和女孩品性單純，有着農村孩子的天真，偷吃並不是因為貪婪，只是對求而不得的西瓜日思夜想、抵不住嘴饞，令人不忍苛責。

作品文字成熟，敍事流暢，善用對話推進情節。對話主要有兩個部分，第一部分是女孩向母親坦白偷瓜被抓的事，是故事高潮所在，母親的反應合情合理，寫出貧窮迫使人行不義之事的痛苦與無奈。第二部分是事過境遷後，女孩向男孩表達多年來的愧疚和男孩的以德報怨，使故事有了美好的結局。

支教　　鮑可穎

「山區裏的空氣果然是不一樣的。」

衝破了城市的霧霾，映入眼簾的是一片綠水青山，從城市來的姑娘還是禁不住誘惑，一個個趁還有網絡的時候，拿起手機打起卡來。

司機大哥見狀，幽幽道：「從山裏往返就這一條路了，這大山就像圍牆，進去了，要想出來，那可就難咯！」

司機大哥上挑的尾音乍聽之下還算幽默，卻讓原來鬧騰騰的大巴頓時安靜了下來。

「這麼好的環境，這樣清新的空氣，要讓我走，我還不樂意呢！對吧？」我乾笑了兩聲，打算緩和一下氣氛，好在大家也沒太把司機模稜兩可的一番話擱在心上。

*　　*　　*

到了村裏的學校，一如設想是一排平房，牆上的漆也脫落了不少，斑駁暗沉的外牆和滿山遍野的綠配合起來，倒也算和諧。屋簷邊掛着風乾玉米，也算是別有風味。

「你們城裏來的女大學生就住學校旁的平房吧，到學校給娃娃們上課也方便。快拾掇一下，我帶你們去見村裏的扶貧對象家庭。」村長打點着人給我們收拾住處，一臉橫肉的男人說起東北話來，倒讓他親和了不少。

「李大娘，政府分發的女大學生來了啦！這是你家的。」

「哎呦喂！你看這閨女長得多漂亮，來來來快坐啊！」被喚作李大娘的婦人用她粗糙厚實的雙手，把我牽進了一座破破爛爛的小平房。

「來來來，給你介紹，這是俺小兒子，長得俊俏不？俺大兒子上城裏工作了，這是他兒子，二蛋。可惜呀，她娘沒啦！」

這時候我才看清屋子裏還有另外兩人，男人與小孩黝黑的膚色融入了剝落的牆壁之中。採光不足讓房子顯得更小了，土房裏只開了一扇小窗採光。説是小窗，不如説是小洞。房子裏就只有一個搖搖欲墜的燈泡晃動着，燈泡裏的鐵絲像是壽命快盡般掙扎着，鐵絲的微弱光亮被牢牢囚禁在燻黑了的牆壁裏，無處可逃。

李大娘見我好奇地四處張望，好意地問：「你找甚麼呢？是餓了嗎？」

説罷，便從孫子的碗裏夾了好些方便麵給我。小孩見狀，連忙護食般抱着剩下的方便麵跑了，臨走前，還委屈地看了我一眼。

「大娘，我不餓，不用客氣了。這方便麵不大健康，還是少給孩子吃吧。」

「行！一定不多吃，今天孩子生日，一年才能吃上一次。」大娘賠着笑，臉上的褶子看得我心裏不是滋味。

「大娘，你相信我，我一定會盡力幫助你們的，以後孩子就……」

「行，大娘信你，別說這些有的沒的了。」大娘使勁拍了拍我肩膀，拍得我一個踉蹌。「欸！你快跟人家女大學生嘮嘮啊！我先去做飯，今天難得你來了，咱們炒個雞蛋吧！」

這時，我才注意到角落裏的男人。男人看上去只有三十歲，走路卻像個八十歲的老頭子一樣，四肢沒有壯年男人該有的健壯，像枯枝一樣艱難地支撐着整個軀殼。他猛的坐到我旁邊，大腿貼着大腿，我不自在地往後縮了縮。

「你看，這是孩子他媽。」男人指了指桌墊下的照片。

照片裏的女子清秀可人，身上的打扮難以跟我眼前的男人扣上關係。白皙的臉蛋跟男人枯黃的臉色相比，倒像是城裏的姑娘嫁到了農村。我還沒來得及細想，便被大娘洪亮的嗓音拉回了現實。

「欸！看甚麼那麼入神哪？飯快好了，來坐着吧！」

＊　　＊　　＊

在村裏的日子日復日地過着，白天在學校教教孩子們算數，晚上到李大娘家吃飯休息，日子過得倒也算悠然，只是李大娘家的扶貧指標一直上不去。不知怎的，組織分配下來的小雞崽跟土豆苗，不是養不活就是被他們做菜吃掉了。這可怎麼扶貧呀？

「二蛋，姊姊問你，上次組織發下來的羊崽子你們拴哪兒了？」

二蛋給我指了指院子後頭，還說他奶奶打算今天晚上就

把這羊煮了，讓我趕緊去看看。

我從來沒有到過院子後頭，李家的院子原來挺大的，回頭可以跟組織建議在這搭個豬圈，養上幾頭豬崽，過幾個月就能給孩子添點冬衣了。

我在圍牆邊發現了才幾個月大的羊崽正瑟瑟發抖，我忙上前安撫着。

我才蹲下要餵小羊，就聽見院子最角落的土房發出砰砰的撞擊聲。我連忙上前查看，別又是大娘把小動物困在裏面了。

我走到房子邊，打算透過佈滿污漬的小窗往裏一探究竟。一張猙獰的女人面孔忽然出現在窗前。蓬頭垢面的女人奮力拍打着窗戶，她的嘴巴像是合不攏似的，唾液被她無意義的嚷叫拍打成白沫掛在嘴邊。空洞的雙目緊盯着我，又像想起了甚麼似的往窗戶縫隙顫顫巍巍地塞了些甚麼。

來了農村這麼久，還是頭一回看見這樣的瘋女人，我害怕極了，顧不上甚麼儀態，狂奔到前院，還沒來得及進屋，就聽見李大娘在屋子裏嚷着。

「跟娘說說，這女的怎麼樣？娘可是求了村長老久才求來這女大學生上咱家來的。村長說了，家裏大兒子有媳婦了，小的就分不了了。非得我把那瘋婆娘關起來，說你嫂子沒了，才又求來一個。」

「好是好，可她看不上我啊！」

「管她看不看得上，這兒媳我是要定了。大不了就讓她完不成扶貧指標，讓她走不出去。還是不行，就用對付你嫂

子那招，懷了孩子還能不安分嗎？」大娘的聲音依舊洪亮。也許是我還未從剛才的驚嚇中回過神來，我竟無法理解屋內傳出的對話，雙眼也失去了焦點，無意義地四處掃着，不自覺地瞥見了向我走來的二蛋。

「姊姊，你的紙條摺在院子裏了！」

我魂不守舍地打開紙條，裏面只有兩個大字——

快逃

* 本文榮獲第十屆大學文學獎傑出少年作家獎。

———●———

評語

小說不俗，走懸疑路線，佈局巧妙，伏筆隱隱約約，情節發展在情理之中，結局在意料之外。

——梁科慶

導讀

這是一篇懸疑小說，敍述女大學生去東北鄉村支教，卻遇上無良村民想要將她強搶為媳婦的故事。小說以第一人稱撰寫，以加強讀者的代入感。

小說裏處處皆是「囚禁」的伏線。作者以山區明媚的風光、鄉村獨有的樸素風貌和村民爽朗的個性作為故事的整體基調，在此襯托之下，偶爾夾雜的詭異線索便更加突出了。從開首入村時司機說通往鄉村的路易進難出，到李大娘只有

一個燈泡、採光不足的房子，和「燈泡裏的鐵絲像是壽命快盡般掙扎着，鐵絲的微弱光亮被牢牢囚禁在燻黑了的牆壁裏，無處可逃」的描寫，都預言了「我」即將面對的凶險，接下來「我」發現被拘禁的瘋女人和李大娘的陰謀，便順理成章了。

　　小說的結構佈局有心思，語言也不錯。山區、村屋等環境描寫仔細，人物言行頗能配合角色，例如以「俺」、「二蛋」、「閨女」等語言配合村民的形象，使角色塑造更為全面。

第十一屆

大學文學獎

得獎作品

（　）　　韓祺疇

（　）隱去所有時日
以空白的人稱敍述一些悲劇，好讓它們
變得世界性
好讓鐮刀磨鈍，讓劊子手終生盲目
他們不會知道曾把誰處決——在後半輩子的惡夢裏
把尋仇的鬼魂
錯認成一個廚師、一個大學教授、一個六歲的孩童
他們殺死了（　）。但在他們砍過的頭顱中
（　）最不起眼

而夢是倉促的，（　）來不及重複一切細節
就成為墓碑上的名字
有人仿冒（　）的遺言，將之流傳
「是的——我還
活着，」即使你們看見屍體
也與鐮刀無關

多年後當（　）的同代人埋伏在自己的噩夢裏
看見（　）胸口的彈孔
決定用傷口的形狀，替對方命名

新詩組

69

*本詩榮獲第十一屆大學文學獎新詩組冠軍。

———●———

評語

這首詩巧妙地利用了括號的不同形象以及虛位以待的架勢，邀請讀者來解讀括號內是甚麼，又或者只是括號本身而已，其解讀的不穩定性使括號在詩作中具有十分豐富的隱喻。

———宋子江

（ ）難以誦讀（讀成兩個音的「括號」？），它具形象的巧思，能見，卻不能確定，突破了以為詩必須訴諸聽覺的定見。詩句忽長忽短，也因應內容，否定了馴服的齊一。

———何福仁

創意玩味與清醒沉思兼備的作品。出其不意地以括號作為詩的主角，也正好因括號開放讓諸種意義代入的性質，令整首詩有開放予殊多想像的空間。

———周漢輝

導讀

　　誠如評審所言，這首詩相當有新意，詩題即教人玩味——（ ）要怎麼讀呢？設計不但吸引眼球，且富有深意。讀者的疑惑正正是作者的目的——（ ）是不能宣之於口的名字。作者為何不直呼這個人（或這些人）的名字？是悲劇令名字成為禁忌、不便提起？是這個人如張三、李四般「最不起眼」、名字可有可無？還是你根本不認識這個人，更遑

論知道他的名字，你只是偶爾從媒體上得知他的故事？一切的可能皆源自空白，供讀者自行填充。括號裏的到底是誰，不同讀者有不同的解讀，因而涵蓋了各種各樣的可能、無所不包：「以空白的人稱敍述一些悲劇，好讓它們／變得世界性」。括號本身是抽象的，但讀者依據自己的背景、經歷和想像去賦予括號具體的內容，這首詩也就有了獨特的意義。

　　詩的收結也好：「多年後當（　）的同代人埋伏在自己的惡夢裏／看見（　）胸口的彈孔／決定用傷口的形狀，替對方命名」。括號裏的人多年後仍受人銘記，説明這個人即使沒有名字，也沒有被大眾遺忘。從「同代人」可見，他們的關係其實並不密切，但這個人始終使人難以忘懷，足以證明他的價值。

皮膚病　　吳俊賢

皮膚病源於過敏。

皮膚科醫生説話時，臉上的口罩一抖一抖的，句子卻簡潔、鋭利得彷彿帶刺，直刺進我的心思。「醫者仁心」的牌匾折射着光，我有點熱，手不自覺移到桌子下，大腿內側的位置，確保他沒有看見，才使勁搔癢。醫生在病歷卡上寫着潦草，眼神幾近漠然，我想像口罩背後藏着一個輕蔑的笑容，像爸。

我前往櫃枱，領取兩餅含類固醇的藥膏，早晚搽一次。還有一排藥丸，但藥丸不被套進有貼紙的透明膠袋，而是銀色的獨立包裝，像藏着不能曝光的秘密。我知道那是抗生素，服用後能抑制細胞增長，讓我的身體不那麼敏感，大抵還有睡意，使我陷入昏沉的睡眠，擺脱焦慮和不安。

從石板街下來，踏着時而扁平時而冒起的石級，每一步我都走得格外小心，還要盤算下一步的落腳點。行走時大腿內側拉扯，破爛的皮肉一直在痛，因此邁步不能太大。我該知道，這是忍不住搔癢的結果，親密的抓癢過後，餘下的是疼痛與疏離。期間我忙着聽姐的語音。姐愛發語音信息，好像從來沒法準確拿捏文字。她的語音都很長，撇除一些拖沓和期期艾艾，實質內容或許只佔語音一半。可我還是會細聽，直至系統蕩起完結提示音。與她相反，語音讓我感到

不適。顫抖的嗓子、句子間的遲疑和嘈雜的環境教我深惡痛絕，把心一橫，指頭便往垃圾箱圖示的方向撥去，重新打起字來。我害怕歧義，更沒法接受關係存在誤解和猜疑。因此我發出的文字都經過雕琢和潤飾，咧嘴而笑的表情符號並不反映我的快樂。它只協助表露我渴望表露的寬容，掩飾不安，有關我和那人的關係和未來。

姐的聲音總是陰柔、纖弱，語音因此顯得綿長。她知道我濕疹發作，特意以過來人身份，建議我妥善處理濕疹皮膚的方法。濕疹是我的舊患，如我總是一個缺乏耐性的人，永遠焦慮和不安，難忍生活上些微的痕癢和乾燥，就像一句乾巴巴的回應，便足以叫我耐不住情緒，抓狂，直至傷口淌血。

我不知道姐少時也患有濕疹，一如她童年的遭遇，也是我成年後透過她或爸的敘述自行組織起來的。那時只知道姐跟我是同父異母的姐弟，擁有不同的母親，此外沒有其他特別的感覺，也無損我和姐見面時的歡樂時光。那時的姐寡言、沉默，頭髮留有前蔭，家庭飯局裏她的頭顱總壓得低低的，垂下的髮綹剛好能蓋過額頭上冒出的、密麻麻的暗瘡。我和姐未曾同住過，那時我也不跟爸媽同住，而是由外祖父母撫養。某些特定的夜裏，我便在鐵閘旁等待爸媽，待他們把鐵閘上的布簾掀起，為我帶來短暫的樂趣，末了又倚在門邊，看他們消隱於走廊的盡頭。

那時的我看來，父母不過是個概念，一個關於生命的隱喻，不必然涉及呵護和承諾。爸向我訴說姐的痛苦，關於

他和姐的母親的離異，以及前妻為挽留他的種種瘋狂行為，像在複述別人的故事。我盯着爸的臉，他皮膚黝黑，卻是光滑無破損的，像被髹上一層薄薄的銅，讓他在感情問題前永遠灑脫。那時我只是個初小生，爸卻好像巴不得我一夜成長，成為他的聆聽者。我會點頭，默許爸的一切，同時盼望他的目光會移向我，而不是愣愣盯着公園地上，一枚踩扁了的煙蒂。對於姐的童年和他的敍述，我沒有感觸，在那些只能透過想像來塑造的歷史裏，我是缺席的。那時我仍未得皮膚病。

童年是自我感覺龐大的階段。面對不合意的人和事，我們可以任性地回駁一句，或甩甩手，頭也不回地離開，再投入一片歡聲笑語，不必顧慮誰的目光。難怪孩子的皮膚總是幼嫩和光滑的。

臨盆在即的日子，姐因懷孕而濕疹發作。我坐在她床邊，輕聲安慰一句：忍一忍，一切終究會過去。像她的錄音，溫柔而綿長。姐躺坐床上，不便站立，兩個雙生兒的重量壓得瘦削的她難以平衡。嬰兒出生後大概有着白裏透紅的皮膚，但姐卻受着濕疹煎熬。那天她穿一件寬身的睡衣，質料纖薄，露出了腿。我清楚看見腿上抓損的痕跡，潰爛的皮肉。姐在悵惘裏萎縮的身體，教我想起少時的她，那個由前額一綹髮絲擋去暗瘡，彷彿經年被一片陰霾籠罩的女子。

我知道劉海帶着甚麼隱喻，還有暗瘡和濕疹，凡此種種皮膚病。

那時爸時常隔着話筒與姐的母親吵罵。姐的母親是個

直腸子的婦人，說起話來不饒人，她與擁有雪白皮膚的媽不一樣，是個乾瘦的女子，黝黑的皮膚跟爸很般配。我受爸和姐邀請，第一次與她媽會面是在一家比薩店。整頓飯我都壓下頭，靜靜吃着薄餅，聽她媽的言論刺穿商場熙攘的人聲，然後漸漸察覺自己的存在其實是冗贅而不必要的。我渴望劉海為我擋去額頭的燙熱。我開始懼怕，怕她媽對我如對我媽一般，那般的恨，我甚至幻想進食期間她握起一柄切薄餅的刀，向我揮來。那時濕疹已經困擾我，吃兩口比薩，又得把手縮回桌子下，使勁抓癢。

姐的學業並不出色，她媽感到沒面子，因此尖銳的叱罵聲常在爸的電話那頭鬧出。爸讓姐接電話，彼端立刻回復平靜。稍後的對話裏，除了姐的嗚咽和哽咽，我甚麼都竊聽不到。我知道孩子不能多管閒事，只好佯裝收看動畫，然後想起姐的暗瘡。或許她洗臉時會耐不住，湊向鏡子，用指尖把暗瘡擠破，再塗上護膚品。又或許，她會選擇等待，在劉海的庇護下多走一段路，讓難堪的情緒和別人的耳語在歲月裏逐漸萎頓、磨平，一天以光滑的皮膚展示我眼前。

不知從哪天起，我漸漸察覺身體的某一處開始發癢。那是一種發自核心的、必須搔癢的欲望。或許是那天，當媽帶着通紅的眼來叩外婆家的門時。媽與姐的母親不一樣，不會與爸吵鬧，她是服從和壓抑的，偶爾變得倔強，像我。那天爸不知何故離家出走，媽跟他失去聯絡，急得直發慌。我未曾見過這樣的媽，白皙的臉爬滿風乾了的淚痕，一眼眶的紅。我無法把那個盯着地板向我坦誠相告的爸，那個把武打

片看得咬牙切齒、偶爾從座位躍起作狀揮拳的爸，與眼前逃潛的他交疊。

外婆着我回房間去，好讓她跟媽好好談談。其實我渴望參與討論，哪怕説上一句安慰的話也好。我總是那個缺席的人，一個只能活在想像中、以別人的憶述構想事情始末的人。我在昏暗的房子裏哭，淚就這樣流下來，不敢吭聲。抖動中，我感到皮下的腺體發麻，然後是癢。我未修剪的指甲，就這樣不斷搔，不斷搔，黑暗裏看不見抓得通紅的皮膚。

如今想來，這種小爭執，如媽偶爾的強硬，很快便會消退。媽的皮膚好，暗瘡和濕疹等問題很少遇上她，倒是皮肉太嫩的關係，常成了蚊子的獵物。外遊時，她的背包總帶着花露水和防蚊貼，為我們驅趕蚊蟲，在她身上卻不必然奏效。在山澗行走，她興致勃勃走動的腿會忽然停下來，我們怕她是否絆倒甚麼，只見她左右腿互相磨蹭，動作急速而焦躁，像一隻煩躁的鶴，不斷替換重心腳。我們替她噴上防蚊水，她的小腿卻已佈滿蚊叮子，如地圖上的板塊。

面對痕癢，媽的耐力終究比我強。她説蚊叮子忍忍就消了，反正不是大患，無阻旅途歡悦。生活上這樣的循環就時刻在她和爸之間上演——其中一方鬧情緒、小爭吵、和好如初。然而，那天房子裏的我，卻把爸短暫的離去想成了災難，沒法停止哭泣。外婆安撫媽的情緒過後，媽像孤魂一樣飄到門外，回家，我掀起鐵閘的布簾，想向媽説上一句話，但始終説不出甚麼，只管哭。晚上外婆接了通電話，媽説爸

晚飯時已回家，一切平安。我沒有向釋懷的外婆報以微笑。爸很安好，我卻仍感到喪失了很多，俯下身來，繼續搔癢。

我不知道，姐的暗瘡是否在這種情緒下萌芽的。

然後痕癢逐漸發展成濕疹，一個難纏的皮膚病。濕疹終究與困擾媽的蚊叮子不同，不會急速消退，而是一種隱性而深遠的、發自敏感的皮膚病。每逢乾燥季節，身體各處總會痕癢起來，多是一些隱蔽的位置。指甲耐不住把患處抓損，指縫摻入帶血的皮屑，發痛，然後懊悔。待患處的疼痛消卻後，傷口結痂，皮膚變厚，直至下次難耐的痕癢侵襲，便又把患處抓出血水和膿。

媽着我抓癢時隔着一匹布、衣服或褲子，這樣才不會抓傷皮膚。但抓癢是親密的行為，我討厭隔靴搔癢的感覺，如害怕面對生命裏的一切不確定。關係裏只消有那麼一點微末的塵埃，已足以讓我過敏，渾身哆嗦，然後陷入抓癢的惡性循環。因此，我很容易便把那人的沉默詮釋成冷漠，然後繼續躲在房子裏，用想像來編織事情的可能，塑造有關那人的一切，在那些我缺席的時間和空間裏。

夢裏，我時常看見一個熟悉的身影從鐵閘後離去，布簾在風中飄揚。早上醒來，我驚覺被單上撒落的、零零碎碎的皮屑，還有身體各處的疼痛。查看手機，那人還沒有音訊。

童年是自我感覺龐大的階段。成長後遇上許多人和事，我感到自己慢慢萎縮，變小，回到床上瑟縮的那個我。皮屑掉落後我變得更敏感，衣物輕微的摩擦也叫患處發痛。升中後學會「皮囊」一詞，我便想像皮膚不過是一種偽裝，一層

層包裹着我的本質。當我藉着不斷的搔癢來尋找本質時，才感到皮膚逐漸剝落，體積越來越小，沒等待本質出現，我已粉碎成橡皮擦似的虛無的存在，一灘等待被刷子掃去的皮屑。

　　飯後趁媽到樓下散步，爸取起遙控器，按下暫停鍵，熒幕上那個正要揮拳的甄子丹被凝固在瞬間，神情有點滑稽。從爸帶輕蔑的笑容看來，他大抵知道了我的煩惱，但他不能體會。不像我，他在感情上是灑脫的，一直如此。他曾說年輕時手臂長過癬疥，因此沒敢穿泳衣示人，造成不會游泳的缺憾。但我何嘗不是？濕疹皮膚下，我拒絕穿短褲，體育課前悄悄躲在廁格裏更衣，逃避一切目光。只是爸往後再沒有皮膚病，黝黑的膚色似是百毒不侵。「天涯何處無芳草啊！」他總這樣說，然後滔滔說着年輕時的風流韻事。瞅着熒幕，我沒有細聽他的話。或許觀賞武俠片是他重拾敏感和激情的方法。就像賽馬日他站在電視機前，做出盡力策騎的姿態，在馬匹衝刺的一刻洩氣，或發出哀號，像肉從嘴裏溜出的獸。

　　假如媽聽到這一切，大抵會對爸調侃或駁斥兩句，然後又開啓另一場無甚意義的爭論，直至她掏出防蚊油，讓冰涼的滾珠溜過隆起的蚊叮子。

　　是的，以冰涼撫平一切。

　　姐在語音裏提醒我，敏感皮膚不要用熱水沖洗，只有冷水才有緩衝作用。像她的暗瘡，不擠破，用冷水洗臉，臉才不至翻起皮屑，加上適當的護理自然便會消退。語音後方是

孩子咿咿呀呀的聲音，我能想像兩個外甥兒光滑渾圓的臉。忍一忍，一切終究會過去的。姐輕聲地說。

這才發現，熒幕上的暫停標誌，如同親密但保持距離的兩個人。

*本文榮獲第十一屆大學文學獎散文組冠軍。

———•———

評語

恰當地借題（成長中盤桓不去的濕疹）發揮（對家庭關係的疑惑）。流暢耐讀。

——淮遠

文章可貴之處在於細心鋪墊了多個層次，但每個層次都不是截然劃分，而是都有自己「敏感——壓抑」的糾結在連繫，令文章讀下來富層次又不失細膩，相當耐讀。

——劉偉成

導讀

皮膚是人體最大的器官，皮膚狀態可反映身心健康狀況，然而皮膚病又是尷尬而隱秘的，就像人與人之間不宜宣之於口的種種隔膜與不適。文章巧妙結合了物理上和心理上的過敏，「我」如何面對皮膚病和回溯皮膚病史，便是怎樣處理人際關係以及解構自我成長的歷程。

文章以「我」去看皮膚科醫生、收到姐姐關懷的語音信

息切入，憶述「我」的成長經歷，並通過不同的皮膚狀態隱喻家人迥異的處世態度和與「我」的關係。「我」是濕疹患者，濕疹「不會急速消退，而是一種隱性而深遠的，發自敏感的皮膚病」。雖然保持距離才能紓緩痕癢，偏偏「我」生性敏感，害怕疏離，因而加劇焦慮，導致濕疹反覆發作，如同「我」在「親密─疏離」的人際關係中不斷徘徊，因為找不到平衡點而迴環往復地痛苦。

敏感使「我」更易感知他人的情緒，自然地帶出對同父異母的姐姐、父親和母親的觀察。姐姐和「我」關係親密，同是濕疹患者，少時的她常低頭以劉海遮掩一額頭密麻麻的暗瘡，「彷彿經年被一片陰霾籠罩的女子」。父親對待感情不如子女敏感，他「皮膚黝黑，卻是光滑無破損的，像被鍍上一層薄薄的銅，讓他在感情問題前永遠灑脫」。母親皮膚雪白，但常常被蚊子叮，不過她善於忍耐，一如她忍耐與丈夫之間不斷的爭吵。疾病會遺傳，就像下一代總會受到上一代的影響。作者以皮膚病作喻，「我」「藉着不斷的搔癢來尋找本質」，實際上所探尋的是更深遠而埋藏在內心深處的自我。文章最後回歸現實，呼應開首姐姐的語音信息：「熒幕上的暫停標誌，如同親密但保持距離的兩個人。」結尾耐人尋味：「親密但保持距離」是不是人與人之間最好的相處方式？

漁人　　區麗娟

　　阿里荻‧洛佩茲‧剛薩雷斯是個二十出頭的壯健男子，跟其他海上移工一樣，他不穿上衣，喜歡裸露古銅色的軀體，下身僅穿一條灰色運動褲。他擁有一頭蓬鬆亂糟糟的黑髮，與身旁鮮紅色的水桶形成強烈對比。倒水時，兩塊二頭肌會像炸豆腐般膨脹起來，然而他的手臂卻很纖瘦，手臂內側與胸膛隔了一段距離。他黝黑的膚色在月光下閃着燐光，從這個角度下看像極一條鮮活的黑鯉魚。要是煮來吃，也許帶點深海的鮮鹹味，剝一顆蒜頭撒一碗辣椒水煮剛好。阿里荻身上總混雜着一股難以用蒜頭辟走的腥臭味。即便用整個菲律賓最香滑的豬骨湯、最刺激的青辣椒也無法蓋住。一個阿里荻也許是不乾淨的存在，但當這裏有無數個阿里荻時，也就沒有人介意了。

　　阿里荻在巴丹島出生，與蘭嶼只是相距九十九公里，不眠不休的話，只要十四小時就能由這裏游到臺灣。阿里荻的父親費爾南德不是一個伶牙俐齒的人，但他是一個勤儉刻苦的漁夫，每天清晨出海捕魚後就在魚市場賣魚，他就是在魚市場遇上妻子麗塔的。這對誠實的夫婦很快就將庭院的青菜種得又肥又壯，木棚掛滿整齊的鯖魚乾以及賣不出去的魚穫。

　　懷上阿里荻那天，費爾南德剛好捕獲深藏海底的黃花

魚，在魚市場賣了個好價錢。費爾南德邊用食指繞着麗塔的肚皮，邊呢喃着希望孩子長大後健康的土語。麗塔在三年內分別誕下三個女兒，原是家中最受寵的阿里荻，一眨眼成了大哥哥。阿里荻很小就會修理屋頂，縫補衣服，待在家照顧妹妹，村裏的人都讚他們養得兒子聰明又勤快。阿里荻繼承了母親的溫柔體貼，父親的勇敢誠實。每次父親回來，阿里荻都會跑到他身旁詢問海上發生的事。日復日，在巴丹島明媚的陽光照料下，阿里荻很快長成健壯的男子，他開朗誠實的個性，讓媒人忍不住為他介紹女孩。二十一歲的阿里荻娶了十九歲的杜麗爾。杜麗爾年輕而獨立，很會為人打算，深得費爾南德與麗塔的歡心。

阿里荻希望年輕的妹妹們能用心讀書，不用勾着籃子跟父親到魚市場採買，被路過的掮客調戲。為了供三個妹妹上學，他努力地跟隨父親捕魚。阿里荻很快就發現，單靠父親與他兩人是不可能靠價格無常的魚市場養活家中四個女人。魚市場的掮客每次見到健壯的男人都會向他們介紹巴士海峽的另一端。阿里荻是不小心躍上船的，聽說臺灣好好賺，於是他四處向人打聽那些在臺灣漁船工作的同鄉，三年後決定奔上小舟，飄到宜蘭南方澳。菲律賓的男人都是一條活蹦亂跳的魚，一大堆遷流至另一個緯度。

「今晚的月亮似乎特別圓。」阿里荻短壯的小腿盤在甲板上，對着同鄉的阿萊說。

阿里荻名字太繞口，船老闆都稱呼他做阿弟，因為他年紀輕又乖巧，就像大家的弟弟。在這裏，大家都不用本名，

工作忙起來，誰還會記得這些嘮叨又長氣的 Tagalog 密碼？於是老闆按照每位海上移工的個性，改了方便又易記的記號。阿弟的同工經常抱怨妻子嘮叨愛哭，每隔幾天就要通過電話熒幕的小窗口訴苦。但杜麗爾不會這樣做，她很體諒丈夫的辛勞。正如阿弟體諒她在羅東工作一樣。杜麗爾在臺灣照顧行動不便的阿嫲，每天的辛勞消耗了她向丈夫嘮叨生活細節的餘力。阿弟年輕天真的樣子讓誰也看不出來，他已是兩個可愛女兒的父親。一個一歲半，一個九個月。假如杜麗爾留在故鄉，恐怕她兩個小寶貝無法長大。

　　船的靠岸使漁工獲得短暫的休息。阿萊用手抹去堆滿塑料袋、寶特瓶以及麻繩漁網旁邊空地上的綠色黴菌，然後整個人躺下去，沉進熟睡的夢。阿弟則依舊站在欄杆旁，任由海風吹髮。海面上的月光以一種詭秘的笑映照着甲船。看着月亮，阿弟沒有接着說昨夜那個可怕的夢——他正準備撈起巨大的捕魚網，一條惡魚藏在網破爛的洞口，霎時間露出尖銳的牙齒，反噬了他的手臂，再狠狠將他拖進深淵。那裏的漆黑將整個人網住，只有一群又一群長着齜齬牙齒的巨魚圍着他。

　　剛開始的時候，阿弟經常暈船，在船上足足吐了一星期。每當阿弟躲進船艙，阿萊就知道他暈船了，他不慌不忙的從膠袋裏摸出各種定心暈船丸，開一杯溫水讓他吞下，然後輕輕拍他的背，叮囑他深呼吸，不要想着海的事情。

　　船上的漁工大多是印尼人，所以當阿萊發覺阿弟也是說 Tagalog 時難掩興奮。他立馬牽起阿弟的手，在額頭碰一

下 bless 跟他打招呼。阿萊特別看顧阿弟，簡直把他當作親弟弟般看護。他年輕有為，總是掛念家人，對妻兒很好，很像當初的自己。每次有好吃的，他恨不得立馬讓阿弟品嘗，又經常提醒他船上哪些人不宜交往，哪些值得交心。捕魚的時候，他會默默站在阿弟身旁，仔細提醒他收網不要被繩子割到手，不要站在籃子裏面，否則會被魚的倒刺勾到腳破血流，又告訴他怎樣才不會被中介騙。最重要的是，阿萊總是要阿弟多給老家打電話，看看女兒、妻子，否則她們會很快忘記自己。

　　阿萊體貼又盡責，在這裏年資最長，深得老闆的信任，所以順理成章成為班長。阿萊已經在這裏工作了十二年，從一開頭語言不通，到現在能與老闆暢通無阻地聊天，簡直判若兩人。從前很繞口的大目鮪、黃鰭鮪、青鱗魚、底棲魚、鰹魚，如今已經被他馴服得貼貼服服。阿萊同樣有兩個女兒，一個八歲，一個五歲。可惜幾年前，他最愛的妻子決定離開他。據說她無法接受丈夫長期在遠洋工作，不想成為活寡婦。早幾天通電話，大女兒告訴阿萊，她快要上小學了，她希望爸爸能夠快點回來，陪她上學。這讓阿萊很興奮。他終於體會到時間流逝。他計劃在南方澳再工作多三年，湊滿十五年就回鄉，為了彌補女兒，他計劃再娶，希望在四十五歲前重新組織一個完整家庭。他曾告訴阿弟，他最大的夢想是當一個好爸爸。回鄉後，他要在菲律賓開一間餐廳，煮自己的拿手小菜，假若阿弟以後也回鄉了，他願意讓阿弟當副手。

捕魚的工作結束後，阿萊便會化身大廚，洗手作羹湯。這晚，他想煮一頓滿滿菲律賓味的晚餐。撒一點跟咖喱一樣黃色的香茅乾，加點菲律賓香料薑黃壓掉魚腥味，再加一點紅糖、辣椒，大火燉煮，讓香料入味，再切幾塊小番茄，薑黃香茅魚頭起鍋。放入薑蒜，加入醬油跟醬油膏，辣炒鮮蝦完成。他站在烈火猛燒的爐頭，將雞塊炒至金黃酥脆，裹麵粉，下油炸，加入咖喱粉，上碟。最後一道，椰子粉丟青菜裏面，落花生酸料，辣椒青菜完成。阿萊敲三下大銅鐘，大家各自從船艙的小房間走出來，安分坐在小圓桌吃飯。阿萊忙完碗碗碟碟才坐下，剩下的菜不多，他也不介意。

　　在作業的漁船上，除非是卸貨或漁船出現故障，否則船是不會輕易回岸。阿萊與阿弟寄居在海上船屋。床只有一個人的大小，只要打側睡的話就會越界。一塊簾子勉強劃分出個人的空間。他們共用一個房間，吃喝撒拉睡都在這螞蟻般細的空間內。船上並沒有甚麼休閒活動，一逮到空餘時間，阿弟就會跟阿萊分享他的家庭狀況，與其說是分享，其實更像是報告。他妻子的脾性、他女兒最喜歡的顏色、甚至是兩夫妻之間的性事，他都鉅細無遺告訴阿萊，他十分明白生活在異鄉需要一個能讓人安心的長輩。阿弟視阿萊為一輩子的榜樣，他佩服阿萊能夠投注青春歲月離鄉背井打拼，他希望自己能像阿萊一樣能幹，用體力與汗水換取家人的溫飽。雖然，夜闌人靜時，阿弟還是禁不住用棉被蓋着眼淚入睡。

　　傍晚，阿萊站在船艙外頭，看見橘紅色的天空漸漸變了樣，撕開的一條條雲像平日吃的辣炒鮮蝦，白與粉橙相間，

尾巴添一點紅，一點點的燃暈整塊天空，紫色的魔幻開始逐漸散開，像魔界降臨。慢慢地，天空爬滿灰色的老鼠，中間挖出一個洞口，然後老鼠一個接着一個從洞口跑走。海面平靜，天空也安靜得可怕。船老闆向船艙的人喊道：「颱風要來了，各位兄弟，準備出海！」穿着各種顏色背心的漁工瞬間換好雨靴，以不同動線移動着，左右穿插在船各種方向，張羅捕魚網、魚箱、錘子。

颱風來了，魚紛紛扎堆在安全的地方躲避風浪，但捕魚人最清楚魚躲在哪裏了，尤其是那些高價魚。那個逆時針的風越靠近，浪花捲得越興奮，船老闆盼望最好能將海底的底棲魚類一次過捲起來，好讓他盆滿缽滿。他要趁颱風還未完全到來，將魚一網打盡。就像自助餐，要在有限的時間裏吃最多的貴價食物。如果拼得過老天爺，一天能賺上一百萬。船老闆決定要跟老天爺拼輸贏，他要與深海搏鬥。

今晚他們要在大月光下捕撈大目鮪。

經過三個小時的航程，船終於抵達了海中央，阿萊挑好位置就下錨暫時停泊，等待潮流和魚群到來。

六點，他們在尋找魚群。天已經變成漆藍色，默默一大群結成塊狀，剩下中間一條淺紅淺紅的痕抹過。非常沉默的大海上沉穩地載着五、六艘船。外海沒等到魚群，船長吩咐阿萊往其他地方尋找。熒幕裏盡是血紅色的像心跳指數的數據，高低不一，彈跳着死前的生命力，那些就是魚聚集的情況。

船長用食指一戳，說找到潮流了！潮流在這，魚就在

這。都是大目鮪。船長很興奮。就在這片海面上，潮流夾帶着無數的魚群。他們開展三角虎圍網作業，同時出動兩至三艘船。阿弟負責火船，它們像黑狗的綠眼睛，一盞一盞，照着母船以及那懸掛着紅色十字架的鐵柱。

八點鐘，黑色的大漁網像傾瀉的山泥倒下，一束一束的黑絲倒進幽綠的大海。口哨聲從夜空傳來。中央一腳，兩邊兩腳，形成一個三角形，母船下網後，開始圍網作業。一條條魚黏在紅黑的漁網上。兩個站在船兩端的漁背心頂着風雨，穿着沾有鹹水的藍色塑膠褲，將兩條極重的生鏽鐵柱合併到中間，將黑網收緊，今晚的收穫有三萬斤。

掙扎的魚比較像掙扎的鱔，一條條活蹦亂跳的彎成 S 型，倒鈎，互相串聯着彼此的生命。一眾魚尾刮起的水匯成湧泉，噴出汁液來了。一沉一浮，一彎一曲，像哀曲一首。逐漸收緊的漁網讓魚一大塊一大塊與像肌膚一樣的海洋割裂。一條條魚激動的不知道要往哪裏跳，一一摔進銀色的地面，染成紅。這個夜晚總共下網三次，等到最後的收網工作已經是大半夜了。入夜後，阿萊固定漁網，穩穩圈住魚群棲息地，漁網一步步引導魚進入迷宮般的陷阱網。雨轟轟烈烈鋪了一地，船完全沒有招架的餘地。針般的雨刺在肌膚、毛孔、頭皮。颱風捲起六層高的惡浪。收網！回航！船艙後方傳來船老闆的聲音，雨的壁膜縮弱了他本來厚實洪亮的聲音，一塊塊背心努力抓緊船柄，輪齒像惡魚的牙齒咬緊吊下來的繩索。

阿弟的火船快要被化身大魚的海浪滅熄。

巨大的魚盯上了他們的船。阿弟使勁扭轉方向盤，與張開血盆大口的海浪擦身而過。現在船隊目標就是帶着滿載的獵物全身而退。阿弟發覺風眼離他們的位置十分近，風浪自四面八方收緊，飄浮不定的浪頭一眨眼就能形成瘋狗浪，一下子捲滅他們微弱的船。他們要逃走。在波譎雲詭的海面彌留了近半小時，阿弟終於亮起航燈，黑夜中的紅燈彷彿是一隻眼，逐漸撐大，與旁邊的綠燈相映並照。光的環被夜風與雨水削弱，模模糊糊的有幾重光圈。阿萊漸漸駛近，大船穩重而緩慢向風眼方向前進，放下重鈎，讓小船牽引着鐵鈎駛離。海上的颱風漸漸放弱，阿弟趁機掛上鐵鈎，母船收到訊號後開始往風眼反方向遠駛。海面上的月亮很大，雲逐漸淡出，阿弟看着散下來的月光，不由得想起那個噩夢。

船老闆賭贏了。

這是臺灣近幾年最猛烈的颱風，不少船隻的纜繩被強風吹斷，渠道淤塞得嘔了幾桶鹹水才有餘力收集更多雨水，海水還像流光一樣滲進了每個家庭的角落，淹死了好幾個人。船老闆習慣了與海搏命。他老是跟舵工說當年從八斗漁港到阿拉斯加跑了三十一天船的經歷。「暈船比死更難受，自己吐了一禮拜以後就成了龍，從此天不怕地不怕。」他總將「不吃人間苦，難得世間財」掛在口邊。這次的搏鬥為他帶來了數以百萬計的收入，短短一天的收穫足以休船幾個月。

船老闆的嘴巴很闊、鼻頭大有肉、眉毛濃，一副慈悲為懷的佛祖相，笑起來像鯰魚一樣。為了慶祝得來不易的盆滿缽滿，今晚是特別豐盛的一餐——草蝦、白蝦、斑節蝦、火

燒蝦，還有花蟹、三點蟹、龍蝦、黃尾豆娘魚、刺尾鯛以及額外買回來的豬肉豆腐蔬菜。阿弟用斑節蝦熬製鮮蝦悉麗甘湯。阿萊將切好的洋葱、番茄、四季豆、蘿蔔絲以及茄子煮成蔬菜大雜燴，配上蒜頭與滷汁煎阿豆波雞肉，慰勞一眾差點命喪瘋狗浪的船員。勞動的人味覺都是遲鈍的，他們吃的粗鹽以汗水的方式排洩。螃蟹用紅色的膠碗盛着，碗旁邊還黏着飯粒。中間橫放着一排蛋，爐熊熊烈火升起，在月圓的夜晚顯得份外聖光。一大鍋香噴噴冒着熱氣的白飯。一行赤裸的人排着隊等盛飯。

凌晨三點，準備回航。月亮的藍像芝士碎撒進船的角角落落。

出港十五個小時後，漁工開始準備收尾工作。清晨，船終於抵達港口。阿弟一股腦兒癱在床上。一盞白燦燦的燈映照着麗塔與費爾南德，以及杜麗爾與女兒的照片。本來沒有信仰的阿弟開始信神。他祈求能每天平安歸來。看到抽屜裏父母與妻兒的照片，他幻想神像費爾南德般慈愛，像麗塔一樣體貼溫柔。阿弟每天跟隨阿萊禱告禮拜。早晨恍惚之際，唸唸有詞，跪在紅色的禮拜毯，面向天堂的方向。

船老闆每次都願意續聘阿弟，每簽一次，阿弟就要抵押兩年光陰。這樣算起來，阿萊其實只是簽了六次合約，就幾乎抵了整個上半生給南方澳的海洋。不過，這樣的僱員還是很罕見的，大部分漁工簽三次約就會逃跑。當中有好些是受了傷無法繼續負重工作，肢體的急速老化讓他們賺的遠遠賠不上所失去的；有些是受不了海浪的搖擺不定，每年都有不

少漁工掉進深海裏面，從此一去沒回頭。阿弟在臺灣的第一年幾乎是在償還兩地的中介費用。在菲律賓買一個人頭大概要五、六萬塊錢。把外勞引進來所需體檢費一千六百、居留證費一千、服務費一千三百八十、應付費用三千九百八十、膳食費五千元。菲律賓那邊的中介又抽佣，結果他們剩下不足一萬塊的薪金。阿弟每次都會把八成月薪寄回老家，阿弟打算供完小妹的大學費用就夥同阿萊回鄉。這是他第三次簽約，也是最後一次簽約了。

每年六月是休漁期。漁工都會趁着月光假到處串門。南方澳港口有不少透天厝，阿弟工作的漁船上也有些人住在這裏，跟別家的漁工分租。阿弟和阿萊加入了那裏的漁工公會。每年休息時節，他們都會一起玩小遊戲，放鬆經常懸在漁船上的心臟。拔河以及摸彩券都是阿弟最喜歡的遊戲。這些講求力量與運氣的遊戲最適合他。每次拔河，阿弟那身古銅色的肌肉都會惹來注目，這個壯健的男子只要輕輕一拉，就能把繩子扯斷。他總是贏。上一次摸彩券，阿弟竟然抽到了大獎，他的同工都笑說要跟阿弟進賭場，以他的運氣必然能夠贏得盆滿缽滿。

阿弟和阿萊為了節省租屋費用，今年決定待在船艙休息。

晚上睡覺的時候，阿萊跟躺在甲板看着天空發呆的阿弟說，他認為這樣的職業很折福，每天大量殺魚，總有一天會從大海得到報應，假如把他們當作單純的動物，他們就會真的化成海怪傷害你。在這裏一天三餐幾乎每餐都在吃魚，吃

厭了。阿萊講笑般調侃自己下半生都不會再吃魚了，希望能抵過這些年的孽債。阿弟再次想起那個夢，卻沒有接着說。

突然，整個天花板塌了下來，石灰、牆板、寶特瓶，亂做一團。阿弟馬上跳到旁邊的甲板，海上苦寒的風滲進他疲弱的肺。此刻，半艘船陷入水底，甲板像難以呼吸的海豹使勁伸出頭來。南方澳跨境大橋，像過山車一樣彎彎曲曲的弓形是它的坐標，穿過一座小山丘，延綿不斷的橋面此時竟塌了下來，彷彿有一隻巨大無比的惡魚咬斷了堅韌的線，只剩下那個精緻的弓形巨環浮在海面。折斷了的大橋沉進了深海，平靜的海面泛起巨大的浪，浪花捲起一座透天厝的高度，浪的舌頭吞噬了一些小漁船。橋的半身壓着了幾艘修造船，海水直打甲板，傾斜的新臺聲 N0266 就像一條死魚插在了海面。船上盡是碎石。漁工準備寄回家鄉的現金、內衣、手機也一併沉進海裏。半小時後，新臺聲 N0266 成了一片頹垣敗瓦。烏鴉色的灰蓋過碧海，在那一秒鐘，該塌的塌了，該斷的斷了，該掉下來的掉下來了。只有安靜地等候災難發生，災難才算真的過去了。

泛光的海面倒影出失蹤漁工的模樣。阿萊不見了是後來才發現的事。

曾經是最明亮的月亮落下了，又換來了新的一日。

「29 歲的 Wartono 和 28 歲的 Domiri 是大橋壓毀的新臺勝 366 號漁船的船員，32 歲的 Ersona 則是新臺勝 266 號的船員。另外三位罹難的菲律賓船員，分別是 29 歲的 Escalicas Romulo JR Ilustrismo，47 歲的 Impang George Jagmis

和 44 歲的 Serencio Andree Abregana。他們在船上工作的時間最短一年多，最長已經有 12 年。」

新聞如此報道着。

蒼蠅是第一個發現死訊的人。當阿萊還未死的時候，蒼蠅就已經飛過去他身邊了，就像能預知地震的老鼠一樣。鼻子、嘴巴、肛門、眼睛，它們瘋狂地聚集在那裏。阿弟沒有大哭。他覺得阿萊只是暫時不見了。好像父親出海捕魚一樣，要過一段日子才能回來。其他不太相識的菲律賓漁工聞訊後湊了錢煮豬腳湯吃，慰藉他們無法擴大的悲傷。異鄉人像魚一樣聚集到岸邊，舉辦了一連串隆重而倉促的祈禱會。他們帶來自煮的炸香蕉，募款從宜蘭趕過來，在岸邊點着蠟燭祈禱。

阿弟走到蘇澳的小教堂進行人生第一次的彌撒。神父說：「死亡只是結束了生命，沒有結束關係。主與你同在，也與你的心靈同在，地雖改變，山雖搖動到海心，其中的水雖匉訇翻騰，山雖因海漲而顫抖，我們也不必害怕。」

阿弟相信，颱風這天，神留下了眼淚，在同樣是藍的水中。阿萊將會在海底，永遠與魚共存。

哀傷的圈圈組成一條鏈，由巴士海峽傳到阿萊的故鄉。阿弟不知道她們的反應如何，他不好意思問太多，只是把自己工錢的一部分順道寄過去。他記得阿萊同樣有兩個女兒，腦海中隨即浮現平日阿萊跟他說的細節，大女兒活潑可愛，小女兒像個小辣椒，惹不得。

起風了，新的季節要開始了。悲傷的時間很短，航道

即將開通，阿弟隨即要返回船上工作。船老闆正式升了阿弟為班長，接替阿萊的位置。他說阿弟是個年輕有為又有責任心、體貼又盡責的健壯男子，在這裏年資最長，深得他的信任，所以順理成章成為班長，負責看管其他漁工，發號指令。

在航道正式開通前，阿弟寄了好大筆錢回去，又視訊很久不見的麗塔、費爾南德、杜麗爾。

清晨，船老闆起來對媽祖婆請安、點香、倒茶。他頂着大肚腩對着船艙裏的舵工喊話：「兄弟，起航了！我們要與大海搏鬥！」然後笑得像鯰魚一樣不見眼睛。船底下是一團團活蹦亂跳的魚，正一大堆一大堆的由一個緯度遷流至另一緯度。

* 本文榮獲第十一屆大學文學獎小說組冠軍。

評語

語言冷靜、簡潔並富有特色，以水族及具色香味的生活化比喻，寫活了漁人船上的生活。以移工的海上流離為主題，既寫出了他們的悲喜、人和人之間的情誼，也寫出了強大的意志。

——謝曉虹

文筆好，敍事流暢不煽情。

——張婉雯

導讀

2019 年 10 月 1 日,位於臺灣宜蘭的南方澳大橋忽然坍塌斷裂,一輛橋上的油罐車因此掉落,另有三艘漁船被壓在斷落的橋面下。是次意外造成六人罹難,均為漁船上的外籍船員。這是〈漁人〉的創作背景,也是小說的結局。

人類與大自然搏鬥是經典的文學題材。故事裏菲律賓漁人阿里荻和同鄉阿萊為了一家人的生計離鄉別井,忍受海上生活的不適和對遠鄉家人的思念,冒險與怒海搏鬥。諷刺的是,阿萊不是死於颱風天的怒海,出事時風平浪靜,他正在船艙休息。這場意外驗證了他自己的讖言:「每天大量殺魚,總有一天會從大海得到報應。」面對突如其來的災難,阿里荻表現平靜,畢竟漁工的死傷並不罕見。故事裏眾人對生活的熱情和對死亡的冷靜形成強烈對比,帶出漁工生命的卑賤。

〈漁人〉語言簡潔流暢,節奏掌握得宜。小說裏有不少細節值得注意,其中一大特色是大量與食物相關的比喻和描寫,例如形容阿里荻「兩塊二頭肌會像炸豆腐般膨脹起來」、「身上總混雜着一股難以用蒜頭辟走的腥臭味。即便用整個菲律賓最香滑的豬骨湯、最刺激的青辣椒也無法蓋住」;描寫颱風那天「橘紅色的天空漸漸變了樣,撕開的一條條雲像平日吃的辣炒鮮蝦」;又例如文中詳寫阿萊在船上煮家鄉菜薑黃香茅魚頭、辣炒鮮蝦等畫面,甚至是其他漁工在得悉阿萊的死訊後也不忘吃的:「湊了錢煮豬腳湯吃,慰藉他們無法擴大的悲傷」。這些描寫不但突顯出故事

的「菲律賓味」、加強了地方色彩，也很好地回應了小說主人公「搵食」的主題，令人印象深刻。此外，小說多次重複「魚」的意象，例如「菲律賓的男人都是一條活蹦亂跳的魚，一大堆遷流至另一個緯度」、阿里荻夢見遭惡魚拖進深淵的夢、船老闆笑起來像鯰魚的形象、阿里荻相信「阿菜將會在海底，永遠與魚共存」等等，都讓人不禁思考，當我們自以為捕魚人時，有沒有想過自己也只不過是廣袤大海裏遭受圍捕的魚群裏的一員呢？

沒有靈感的晚上　　　呂崇節

現實常說這個世代的人不應理想

然而這個世代的人都有理想

這個世代的人都有理想

世界的人都有理想

是人都有理想

我有理想

理想

想

離地　到月球

過着波希米亞式生活

但又未免太理想主義

這是個想寫驚世傑作但沒有靈感的晚上

想有靈感但沒有靈感的晚上

沒有靈感的晚上

晚上

貼地　看月球

在重力支配下的創意

不得逃離地球飛往宇宙

九點　聽歌
渴望歌語能滋潤　乾涸的沙漠
旋律不斷按下複製鍵　電腦容量被泛濫成汪洋

十點　淋浴
暖水與肥皂　無法沖擦掉頭內的空白
被熱力擴大的毛孔沒有鬆懈　依舊拒絕意念進入

十一點　上網
搜尋　諾貝爾文學獎　被提名條件
定義　藝術、文學、詩歌、意象
推介　新手十大寫詩入門法則
維基　存在主義、概念主義、超現實主義
搜尋結果　我的腦海完全沒有主意
哈，這種風格夠大膽前衛了吧！

十二點　谷歌
問腦袋可否做變性手術？由男轉女？
不，理性轉感性，討厭的性別定型

一點　放空
靈感與輸入游標　有八成相似
在空白中若隱若現　熒幕等得不耐煩　休眠

兩點　入夢
意識的流淌　是一片漩渦　重複踏着自己的步伐
可惡的周公　居然吝嗇提示

五點半　清晨日出的光景　諷刺月亮離我而去
現實、緣分、藝術都說　登月未免太浪漫主義

儘管地球與月球相隔三十八萬四千四百公里
儘管地球的重力是月球的六倍
儘管地球沒有不死藥可讓我灑脫地奔月

然而着陸　其實也很貼地

* 本詩榮獲第十一屆大學文學獎傑出少年作家獎。

———————●———————

評語

寫難眠之夜，理想與現實的對立。詞句尚待磨練，但對節
奏、格律有一定想法。

——王証恒

寫一個晚上對理想、文學、社會的思考，也寫出對現實虛無
的情緒。思想跳躍中有詩的熱情和韻味。

——黃虹堅

導讀

　　這首詩以「沒有靈感」為靈感，寫一個難眠的晚上作者的創作過程，當中包含對現實與理想的思索。作品以地球和月球比作現實和理想、在地球遙望月球比喻為對理想的追尋，最終以月亮離去、清晨來臨作結，詩人亦回歸現實，放下糾結，接受「貼地」也是另一種文學的表現方式。

　　這首詩的分行和節奏頗有特色。詩人以詩句和節拍的重複零碎描摹創作時沒有靈感的煩悶焦躁，以形式配合主題，效果不錯。此外，詩人又以時間的推移和種種活動表現無眠的漫漫長夜，當中不乏佳句，例如「被熱力擴大的毛孔沒有鬆懈／依舊拒絕意念進入」、「靈感與輸入游標／有八成相似／在空白中若隱若現／熒幕等得不耐煩／休眠」等，頗為生動貼切。

看風景——山麓蹀躞　　岑政浩

　　「微風撩嫩草，迷霧擁細雨」的雅致之景在我心扉蹀躞。彼刻感覺，一直壓抑自己的窘境終於解開，結果又被疫症帶來的銀鐺鐵銬再度鎖上。不論是自身還是我們正在居住的地方，現在也正在迎接一波又一波的暗湧。自我約束和及時行樂成為當代議題，各人在改變當中發現自我價值。自己亦為追逐「寧神」而開啟了通往自然與自我的路途，探求城市人久未涉獵的綠、久未重逢的白、久未觸目的光、久未入目的影。就我來說，這是一場有意的回眸，過往的尋求，讓我在短途中和過往揮手。

　　隨幽幽小徑沿路而上，絲絲點點的綠也變得富有層次，粉綠的、墨綠的、若竹的。它們在和陽光的曖昧之下變化萬千，薄薄的粉綠葉片在光照之下猶如白玉枝條，那葉上的紋理竟在光照下透出磷光。厚厚的墨綠葉片在對比下顯得稍為疏落，仔細觀看可以發現葉片上有為了疏落水滴而分泌的天然蠟質，硬梆梆的葉又被微風優哉吹拂之下發出「漱漱」的聲音，身體也因自然聲動而泛起疙瘩。若竹的卻不是樹上的葉片，而是長在小徑旁邊滑石之上的青苔，它們的生長過程似乎很快，在城市當中卻鮮有見聞，據說它們身處的環境必然是要空氣清新而濕潤，可以說是綠化的章印。它們為大小巖巘的石戴上綠色的冠，又為蜿蜒曲折的路添上碧輝的彩；

使得一路向上的我，視及既冷且熱的綠漸變層，抹走眼前的「霧氣霞息」。

　　直至今日仍著簪不忘的我，歸憶那趟三人之行，感慨着同樣的曲卻有不同的韻。當時在山腳仰視着那棵百年的粗枝聳木，漫天的柯梢端旁長出了盛盛葳蕤；蔓地的根蒂之下緊握了塊塊累土。颼颼之風帶勁的撩撥，宏木的弦化作林間伴奏；雛鳥的鳴充當山下鄉歌，驅逐了歲寒凜意，帶着碧波曳草的美。看見地下青翠的琉璃爍光，才發現樹上「枝連節，節駁枝」的景秀，凝聚成一張蓬葆的蜘蛛網。可見光線盡被網羅，那是在自然間切斷天地相交的奇蹟，三人油然而生的慨嘆，彷彿還有微暖的溫度。將心靈依偎在自然之下，真正的感受到「天人合一」的意境，並承着交翠之態，替它改了「老樹爺爺」這個貼切的稱謂。繼續走，走到山麓的中部，路也變得愈來愈崎嶇，本來平穩的踏實似乎不復存在。仲春扶搖而上，一株鮮絳杏花無意間被我踏碎，但那使人寵幸的韞香才是把我從回憶樓閣拉回來的主因。生意益然的翁鬱之林，顆顆含苞待放的杏花，堆砌出滿目藍藟，拼湊出暗啞赤玉。回想起宋代詩人葉紹翁的那句「春色滿園關不住，一支紅杏出牆來」的細膩描繪，我由衷慶幸自己趕上杏花朱紅的初春。近觀，其花萼呈現淺紫色，卻又帶着一點漆樹黯紅的嫵媚之妝，花蕾綻放出五芒星的神態，微微向下垂延。內側的花瓣顯出淺粉紅的情怯羞愧。如蜜似飴的芬芳，更像從紅紙燈籠逃竄的火舌。乍暖還寒間的濃艷美姿，充實了自然。又是剛好同一季節，三人滿心歡喜的想一睹那「烈焰姑娘」

的春色嬌麗時，它卻換上了一身透白素色的衣裳，宛若白蘭的杏花在那時已失去得令的美，又卻顯現「花蕊白頂紅，花枝紅轉綠」的古色生香。它是初春的霜雪，不如夜月的皎潔，但就有比紅杏更出牆的冷冽。縱使那時的杏花已在彌留之際，它也不惜披上白帕獨自留守於此。看着暮光穿透白瓣，天上竟然下起澍雨。來向不定的東風，淘盡了杏花。我想起宋徽宗的一句「易得凋零，更多少無情風雨」的意境，更使人無言以對的是，花開和花落彈指就過，而歲月又不留情面，唯有留待翌年杏月的三人，心中一下子湧上了有如悠然鬱心的惆悵。

伴着時移景轉，我終於登上山麓之上的崛岈之巔，一路走過峻岮山路。騁目放眼而視，氤氳潮氣縈繞黃泥小丘；野羊躑躅側傾蒼翠嫩草，各自的靠攏聚合成不同的和諧。那種天地之大、人禽之渺，確實不是邊塞詩人的文筆賣弄，而是不折不扣的既視感。烈日漸漸的緩和，進而變得澄明，晚月速速攀升，又沉到天上的那一片血海。上天賜給我春日之窗，廣角視界內的羲和望舒都雙雙冶在名為穹頂的大爐裏，打破了「日月爭天不共戴」的傳說。在短途的霎時心動，似乎成為自己一直冀求的消弭，送走了陰霾淒雨。重重的粉紅駁綠，又再隨風席捲而去。儘管雙腳在走下坡，心靈卻有按捺不住的飄飄然，通體舒暢得甚至沒有一點不捨，因為我知道自然之美，就是有「明日勝今日」的獨特，有使人酣醺的輕逸。

「夜月送暗影，柔情更恬靜」代表夜幕上映，進退不定

的舉棋，更像是與自然的探戈，不過三四刻，卻五味雜陳，六合之境，卻折射七彩變幻。我在當中找到的不只是一條鑰匙，更是一份今昔交替的禮物。

* 本文榮獲第十一屆大學文學獎傑出少年作家獎。

———•———

評語

文筆精煉，用事自然，描寫細緻，如帶領讀者遁入山林。

——王証恒

導讀

　　這篇作品運用了典型的借景抒情手法，細緻描繪登山沿途所見美景，慨嘆大自然之偉大、自我之渺小，一抒壓抑的胸懷。

　　相較記敍、議論、抒情等基礎文體，描寫並不是受年輕作者歡迎的類型。一來現代社會的速食文化、講求效率的商業氛圍使人心浮氣躁，沒有閒暇也沒有閒情細味身邊的一切；二來科技發展日新月異，現代人早已習慣用鏡頭分享一切，往往對描寫文望而生畏。這篇作品立意不離傳統，然而不論是內容還是文字方面都花了不少心思。在內容編排上，文章在描述登山所見時回憶與友人的另一次旅程，比較今昔迥然不同之景，使單純的寫景部分更為豐富，亦令筆下的杏花紅、白各異之姿更為突出、內容更有層次，帶出下文「明

日勝今日」之感，情感抒發自然，一舉多得。在文字方面，
作者用詞豐富準確，引用合宜，描寫細緻優美，富有文采。

別矣，吾土　　李雪兒

　　站在羅湖關口，前方是橋，直通香港，大陸與香港交界，這一線之差，一橋之隔，差別卻是千里。橋是直通大道，到底有盡頭沒？前方該是無盡的未知與可能性，這一走，日後的人生便如同碎塵入黃河，沒落於人生之蒼茫之中。而我舊日成長的大陸呢，勢必要潛藏於心裏。於是，過關的那刻，我深深地回眸，期望能夠記住育我之土壤，大陸土壤的一呼一吸，似乎也在悲鳴。

　　生於江西小村落，足足十七年，我都沒有邁出腳步，去探索人生。直至我十七歲，偶得一次機會，親戚討些關係，便可到香港城裏讀大學，才慢慢對此產生興趣。確實，哪有一隻海鷗甘於困在籠裏，終生不得自由飛翔？農村顯然不該是我長久停泊之地，坐落無盡的山水，與城市沾不上邊。此後，我常常夢見，當我跨過那個關口，踏上香港與羅湖交界的大橋，目光就會一直放遠，似乎可以看穿山，翻過凌霄閣，越過小川小河，甚至更遠，摩天大廈、寫字樓，我沒看過，但仍能想像，那直上千里之高大、宏偉，要我目光連頭部一同運動，從下而上，一直掃上那頂點，農村的青山白水都拋諸腦後，剩下那閃亮亮城市光景。

　　我是這麼想的，一次又一次的夢裏，連夢裏的老神仙都感覺到我心裏的那股熱流，不斷湧上。一次又一次的想像，

香港到底是怎樣一座城？

如今，我腳踏實地佇立在這多少夜裏心心念念的羅湖大關，竟沒有先前的甜味，倒是酸溜溜的。禁不住內心的衝動，不停回眸，目光往後一直穿梭，盡是大片青綠，鋪天蓋地的綠海是我曾經長大的地方。那村口大樹下的石墩，曾是我盛夏時的遮陰處，七月流火的日子，桑田河水，豎立的稻穗，似是寫下我們的耕作歲月。我深深地回首，不敢跨過這關口，不要離開這片溫熱故土，一旦跨過去了，關口會化作剪刀，一剪，便剪斷了我與大陸的紅線，那相思長線被立着的關口阻隔，不能通過。腦海忽發晃出一個身影，母親伴隨那熱烈炮竹聲，自個兒站在遠方頻頻揮手，點着頭，哈着腰，姿勢是向前的，以目光相隨，朵朵紅碎花成為她孤獨身影的襯景，呷一下鼻子，踏上路，不敢再回頭了。

站在關口，我再次回眸，拼命勾勒故土的山水，村口的樹，遙遠的牧場、稻田，還有母親頭上一根又一根的白髮，明明剛走不久，思緒竟已開始模糊，只有大概形象，大概顏色，勉強記起。不敢想像，日後的日子，是否會記憶錯亂？忘了山，忘了水，忘了情，怕會被城裏的光影佔據，抽離不開，母親的樣子越發模糊，拾起筆，沉思許久，仍動不起筆去畫她的模樣，空白的紙猶如我對她的印象，盡是白。

這一走，代表生活迎來的挑戰，香港與大陸的生活不同，一個鄉下孩子，原來成長的玩伴是鄰家稚兒，如何單獨面對宿舍裏的陌生人兒？舊日玩耍的地方，是農田與青山，在山中肆意奔走，清風為伴，泉水為酒。要是不小心走到城

市，朋友囑咐我喝酒，要去舞廳蹦迪，以搖滾樂助歡，我該如何拒絕，又該如何安然與其相處？原來，跨不過關口是因為擔憂，畏懼着日後的種種，會是如何，又該如何，我心裏沒有答案。

這關口，不得不跨過了。人總是要往前看的，不能久停在過去，困於過去式，一直倒退，故土育成的七尺男兒終究要往前看，從破落沉寂的鄉土走向大城市的燈紅酒綠。母親哈腰低頭的樣子又再浮現，似乎叮囑我要往前走。於是，我提起腿，彳亍緩行，一路望向家鄉，只見它越來越遠，慢慢地消失在我眼眶，跨過這一線，過了關，眼前盡是未知的陌生世界。

北向故土，東往未來。一路走來，昔日那少年郎終究長成青年，七尺半的身軀不能再以童身與隔壁孩兒玩樂，考上大學，離開故土，乃必然。海關擾擾，機翼斜斜，向陽而飛，飛到那未來之光明處。十七年的歲月都在江西攘攘度過，一任舊土晦雨困我，母親的叮囑催我促我，春雷震我，颱風搖我，池塘迷我於仲夏。鏡頭一轉，在三角處來回奔跑，樟樹也驚見我，從孩童長成青澀少年，清楚我的一舉一動，一思一念想。今此一別，日後能見否？

不管見不見，我想已不重要了。重要的是故鄉的每一寸土壤已深深陷入骨髓，烙印在腦海，形滅神存，相思終究是蜿蜒細長之線，相連着我倆，即使過關了，隔着千山萬水，只要我呼喚，它定必回應，整妝迎我歸來。

*本文榮獲第十一屆大學文學獎傑出少年作家獎。

———●———

評語

寫從內地到港讀書的心情。有對未來的擔心，也有對故土的眷戀，最後寫出迎接未來的信心。情感真切，文字準確、成熟。

——黃虹堅

作品樸素自然，見生活情味。欣賞作者用字自然，情感真率，鄉城之間的描述緊扣作者情懷。

——殷培基

導讀

　　文章寫「我」從內地農村來港讀書的複雜心情。「我」站於香港與大陸的交界踟躕不前，難以跨過的不只是通往香港的海關關口，更為重要的是心理關口；前者實，後者虛，兩者緊緊相扣。

　　「我」在出發前滿心期盼，然而要真正離開故鄉、展開新生活時思緒卻起伏不定，腦海中時而飄過故鄉的回憶片段，時而閃過對香港大都會生活的想像。「我」一方面對故鄉物事滿懷不捨，另一方面害怕難以適應未知的生活。最終年青人對未來的嚮往佔了上風，「我」決心放下過去，走向更為廣闊的天地。作品文字細膩，字裏行間情感飽滿，真摯自然，青年對未來的期盼躍然紙上，頗有感染力。

夜雨敲窗　　肖婉怡

　　天將小雨交春半，誰見枝頭花歷亂。縱目天涯，淺黛春山處處紗。昨夜，秋蟬聲漸弱，綿綿絲雨如期將至，後面竟變成了風雨交加，滴滴答答的雨——哐噹噹的砸在我的窗戶上，夜雨敲窗，夜雨敲窗，我一夜無眠！

　　我披衣坐在窗旁看書，一段詩潛入腦海——

　　不是所有的能遮雨的
　　都是傘
　　那無語的是樹
　　淡漠的是屋簷
　　溫暖的是懷抱

　　雨，順着玻璃汩汩流下；思緒，隨着風聲、雨聲飄向遠方。兒時生活的小城多雨，夏季經常是前一陣晴空萬里，後一會烏雲密佈，隨即綿長的雨絲就垂下來了。下得不大，卻悠長。斜斜的，斜成簷前翩翩習飛的燕子。細細的，細成了荷塘淺笑的漣漪。這時，孩子總會三五成群地跑到荷塘邊，拽幾枝大荷葉扛在肩頭。雨順着葉脈流到中間，聚成了小水滴，調皮的男孩猛地將葉柄一轉，那晶瑩的水滴便四散開來，惹得周圍的人都濕了身，自己卻「咯咯咯」地笑起來。

女孩子大多不屑於玩這種把戲，只悠悠地轉着傘柄，擺出副文靜優雅的姿態，彷彿是電視上的那種江南美人。

年紀再大點兒，我開始下地幫父親幹活。正值六月天，烈日當頭，蟬鳴不斷。我還小，支持不住，就偷懶躲在樹蔭下乘涼。父親抬頭用心疼的眼神看了看我，沒說甚麼，只是默默加快手上鋤頭落地的速度。他，戴着草帽，弓着腰，背後的白背心被汗水浸濕了一大塊，很是明顯。不一會兒，烏雲逐漸聚攏了過來，風也刮起來了。

父親見情況不妙，停了身回頭對我大聲道：「囡囡，咱帶了傘沒？」

我想了想，急忙搖搖頭。

「那快收一下，回家了！」他話還沒說完，只聽見一聲轟鳴，頓時，雨水傾盆。父親趕忙衝過來把我抱着藏在身下，頭上戴着草帽，披上外套，弓着背彎着腰，頭壓得低低的，扛起鋤頭，我們一起往家裏跑。

一路上，我聳肩縮頭緊緊依偎在父親滿是汗臭的懷裏，父親的身軀和張開的外套一同裹住我幼小的身子。我耳邊只剩外面肆虐的風聲，和父親粗重的喘息。外面風雨交加、涼意颼颼，我卻感到無比溫暖。等好不容易回到了家，我仍全身清爽乾淨，父親卻成了個「落湯雞」。水不停地從他的褲口流下來，我看着他浸濕的背影，想着那到底是汗還是雨？

後來，我到城裏讀書。每每下雨時，我撐着傘，總想起我的故鄉——那個多雨的小城以及我那親愛的父親。我越長越大，越走越遠，總是時常回頭看看，因為那有我成長的痕

跡。夜雨敲窗，夜雨敲窗，雨不停的傾瀉，拍打在窗上，一種説不出的曼妙，我躺在牀上一片安心。

昨夜，竟是一夜雨聲，才使我惆悵的心逐漸平穩下來，隨後便帶着美好的思念緩緩入睡了——連下着一夜好夢。

* 本文榮獲第十一屆大學文學獎傑出少年作家獎。

———————————

評語

也寫背影，然而文中的背影讓人感到和煦；雨不渲染悲情，而是讓人安穩；寫遙遠的故鄉，但父親的氣味、滴水的褲腳，讓一切親切可感。

——王証恒

回憶兒時內地生活及父愛，情感真切，對雨或雨景的描寫細膩，文筆流麗。

——黃虹堅

導讀

本文書寫因夜雨敲窗而觸發對故鄉小城和父親的回憶。文中的雨有兩種：一種是綿長的小雨，無傷大雅，小孩在雨中嬉戲，雨幕令江南小城更添詩情畫意；另一種是突如其來的傾盆大雨，但是兒時的「我」因為得到父親慈愛周全的保護，不但不顯狼狽，反而使大雨成為溫暖且令人眷戀的美好回憶。

文章以詩詞入題，除了借詩句引起下文外，也為作品墊下雅致的氛圍。文章對孩子天真爛漫、父親護女心切的描繪具體深刻，情感自然真摯，而且用詞樸實而不失細膩，重複、疊字運用得當，節奏長短輕重得宜，讀來甚富韻味。

誰是烏鴉？ 　　陳梓濠

這是一個有很多張三和烏鴉的城市。

剛下完大雨的 A 市是十分喧嘩的，人們紛紛從家裏湧了出來，屋簷上幾滴小雨滴落在地面上便激起了無數的漣漪，那些迅速展開、擴大的圓圈，如同厚厚的陰霾般，一層疊着一層，就是不消散。張三就是冒着這樣的小雨急匆匆地跑去網吧的，當時的天很冷，只有零下三度，張三穿得很少，他剛剛經歷過大雨全身濕漉漉的，按理說應該十分疲倦，但他卻猛地推開網吧冰冷的大門，三步並兩步衝到老闆面前大聲嚷道：「老闆我要 A 區 18 號機 8 個鐘。」話音未落，他的手便從上衣的口袋裏攥出零錢，裏面有硬幣也有紙幣，但都是一塊兩塊之類的，張三沒數多少錢，便一股腦地推到老闆靠櫃枱的那邊。身子臃腫的老闆將他的目光緩緩地從電腦熒幕上移開，放到錢堆上。天氣很冷，但他的眼神卻是火辣辣的如同兩個小太陽般，卻又掩飾不了一絲的嫌棄，他邊數着錢邊對張三不緩不急地說：「身份證呢？」張三把頭一低，不安的雙手便在身上摸索起來，他口袋也就那麼幾個，可摸來摸去硬是摸了好一會兒，老闆等得不耐煩了，搖了搖手，示意張三帶了身份證再來。張三看到那手，就如同看到惡魔一樣，跌跌撞撞的跑出了網吧，絕望地癱倒在了地板上，可以知道的是張三絕對不是酒鬼，因為憑他那幾個小

錢，是買不了多少瓶的，他就這麼癱在濕透了的街道上。

　　雨越下越大，幾隻烏鴉在陰霾下看到了這一切，張三也看到牠們，但是他卻發現烏鴉的黑就像太陽一樣耀眼不可直視，便撇過頭不再看牠們。烏鴉們愈發覺得有趣便紛紛說三道四：「張三的網癮太誇張了吧，沒了遊戲就像失了魂一樣。」也有的烏鴉說：「張三不好好打工，卻偏偏打遊戲。」當然，還有許多烏鴉，牠們的言論雖說不一樣，但牠們的共同點就是嘰嘰喳喳地將謠言傳開了出去，就好像這是撒旦立的業績一樣，沒傳完就不能回巢休息，否則會受到懲罰般。於是這件事在人群中傳開了，成了所有人茶餘飯後的熱門話題，越來越多的人和烏鴉們站在一起指責張三，殊不知人們自己的腦袋上長出了像惡魔一樣的角，只是他們看不到，烏鴉也看不到。可憐的張三被人們和烏鴉的憤怒的靈魂所組成的審判十字架釘在了上面，動彈不得，他想解釋，卻都來不及了。

　　現在的張三獨自一人毫無目的地走在大街上，烏鴉和人們也在大街上，張三看着在街上天真無邪的小孩，回想起他小時候是怕鬼的，因為鬼猙獰恐怖，但是他現在卻怕人，因為他們頭上都長着角，卻衣冠楚楚，他聽到小孩唱道：「春天在哪裏，春天在哪裏，春天就在小朋友的眼睛裏。」張三突然意識到現在雖然是冬天，但是前不久自己還是在春天裏的，他抬頭瞭望天空，想確認現在到底是甚麼季節時，卻好巧不巧望見了烏鴉，他想從烏鴉身上看出點春天的痕跡，忽然意識到烏鴉只是隻鳥，只有小孩子知道甚麼是春天，烏鴉

是不懂的，只得作罷。他晃悠悠的身子伴隨着兒歌便繼續遊蕩在大街上，但是他的腦袋卻一直轉着，轉着轉着，竟然陷入到了幾天前的回憶之中，也就是躺在大街上的那一天。

那天早晨的張三是坐在家中的，他的手和鼠標緊緊貼在一起，掌心上的汗使整個鼠標操作起來滑滑的，熒幕顯示的是張三的最後一把線上遊戲預選賽，打贏了就可以完成他的夢想，去打職業比賽了，與他渴望的獎盃更近一步。在張三還沒起床的時候，天就已經有了烏雲了，在張三打線上預選賽的時候，雨越下越大，將張三家中的網線浸濕，電路跳閘沒電了，張三打到一半沒得法子，只得跑去鎮上的網吧上網，順手便帶上了自己所有的積蓄，也就是那幾塊錢，他就這樣一個人冒着大雨，帶着自己所剩不多的積蓄，跑向了網吧。

在張三思考的時候，又有一場大雨澆濕在他的頭上，驅散了陰霾，澆濕在人們和烏鴉的頭上，人們頭上的角被大雨沖刷乾淨，烏鴉的羽毛也都被淋濕了，但是這場雨卻滋潤了大地的花，而張三背後的真相也隨之開花，烏鴉的目光被大雨沖散，失去了目光，盲目地就飛到了花邊上，點擊轉發，然後用魔法讓人們忘記自己在陰霾下所說過的話，至於轉發的內容是甚麼呢？大部分都是一些類似於「命」題作文的標題，毫無疑問的是人們的點讚評論與轉發不管是謠言還是真相都加深了張三的傷痕，烏鴉從喙裏吐出一把把尖刀刺在被釘在審判的十字架上的張三，張三只得一直承受着。烏鴉和人之所以言之鑿鑿，是因為看到的太少，烏鴉看的太少是

因為牠的眼睛太小，人之所以看的太少，是因為他知道的太少，只因為如此，花的盛開才顯得格外的鮮艷，不過在那之前，在那以後，張三怕不是張三了，他是「張丰」了，因為他的心多了一刀，無法磨滅的一刀。而烏鴉點一點轉發，動一動魔法，我仍然是這個世界上的正義之師，就好像我輕輕的走了，正如我輕輕的來那樣。

知道真相的人們紛紛紀念張三，在那一刻人們發現他們自己好像都成為了張三，當他們望向對方時，卻發現那是一隻烏鴉。烏鴉和人之所以言之鑿鑿，是因為知道的太少，正因為如此，知道真相的人們才少之又少。言語的力量借助互聯網在不停的擴大，烏鴉可以是張三，張三也可以是烏鴉。所以這個世上留下的就是張三和烏鴉的故事了。

* 本文榮獲第十一屆大學文學獎傑出少年作家獎。

———————●———————

評語

變形的過程繁複而不至紊亂，超現實而不流於空洞，對於社會現象有所反思。

——王証恒

奇幻小說格局，構想新奇，故事中張三、烏鴉和長角的人拉扯於價值觀的角力中，不俗！

——殷培基

導讀

　　小説以網絡欺凌為題，敍述以打職業電競比賽為夢想的張三如何受謠言和群眾壓力所傷。故事裏互聯網具象化成無處不在的烏鴉，牠們以傳謠、點擊轉發為己任；網民則不自知地長出了惡魔的角，在網絡世界裏不負責任地推波助瀾。

　　作品揭示了現今社會網絡發達的弊端。信息傳遞的便捷固然加深了以訛傳訛的威力，但作者的思考要更進一步：「毫無疑問的是人們的點讚評論與轉發不管是謠言還是真相都加深了張三的傷痕」，成為「話題」本身便足以害人不淺！小説的篇幅不長，但是構思巧妙，敍事角度轉換順暢，節奏明快，可見作者善於用文學手法展現對社會現象的觀察，使故事讀來饒有趣味又不失深度。

白堊　　趙穎彤

　　西薩克斯海岸連綿三百多公里都是一片皚色懸崖,幾百萬年前海底沉澱的白堊石被斷層抬升成島嶼,皎潔的白與深湛的藍,相映而成英倫最浪漫的一道海岸線——魚,我看着牠在船艙裏掙扎,剛從漁網上解下的魚在空氣中撲騰掙扎,牠背上被網刮掉了兩片鱗、一撲騰把血濺得滿艙都是,我想烏頭、鱝魚類的魚都會這樣在空氣中撥着一對平行的胸鰭,一張嘴開開合合,亮晶晶的魚眼瞪得滾圓,那副徒勞而富有生命力的模樣既可笑又可愛——一種不值一提的慨嘆偶爾也會浮現在心頭:這就是生命啊⋯⋯宰魚,剪刀利落地剪斷烏頭的鰓,掙扎,牠在水槽中甩尾掙扎着,每一下撲騰都有力地在鐵盆中敲出「咚」一聲悶響,咚,咚,咚——

　　我想起了幾年前宰的一條魚,兩斤多重的一尾黃立鯧掙扎起來是多麼有力,一個成年男人得使上半身的力氣壓着砧板才按得住牠,牠掙扎的慾望是多麼強烈,直到五分鐘後血流盡了,牠才力竭,那一刻牠泛着青光、滑溜而曾經充滿力量的魚尾還在細微地顫抖着,這美麗的一幕深深地留在我記憶中,成為一記烙印,久久地觸動着我⋯⋯

　　魚總是死得那樣不甘。油立魚死前總會伸長牠透明的魚喙,偶爾下網捉回來一堆小油立,宰魚時牠們被齊頭斬斷,一個個伸長着喙的魚頭排在砧板上,一雙雙魚眼不甘地死瞪

着天——

　　幼鯊在我家鄉被叫作「鯊孫」。鯊魚一生都必須不斷地游，一旦停下來，水不流過牠們的魚鰓，牠們便會缺氧而亡。有一次，一張放了一夜的漁網剛好纏着一條鯊孫，牠大抵是前一夜纏了網，早已經死透了，解了網、掂在手上，便軟趴趴地躺在我手心，構造精緻、分叉的魚尾了無生氣地垂着，腐爛的內臟化成血水從排洩孔流出來。隨手把牠拋回海裏，我看着牠白花花的魚肚朝天、徐徐地沉沒海底。「沉寂」，那是當時我唯一想到的詞。

　　咚……咚……水槽裏傳出的悶響逐漸靜了下來，過了幾分鐘，那條烏頭也就沒力氣、快要嚥氣了，我隨手拿起菜刀把牠宰乾淨，剖出魚鰓、刮淨魚鱗、劏開魚肚、拿掉內臟，牠卻仍在動，我能感受到牠微涼的皮膚下肌肉的跳動，映着青光的魚背起伏中流轉、充盈着一種生的悸動，堅韌又彷彿永不停息，有着一種因徒勞而生的美麗……

　　我望着牠晶瑩的眼珠蒙上白霧，幽藍的魚背褪去光彩，然後被妻子撒上葱花、薑絲，最終被放上餐桌，「這魚腹嫩滑多汁，您來一口」、「這魚頭飽滿多肉，夾點果皮絲，來來來，嘗一嘗」，一陣喧騰擾攘後，你變成一副白骨，只剩下一隻蒸成白珠的魚眼還瞪向上空——

　　不甘，牠的屍骸那樣露骨、赤裸裸地吶喊着——但牠未曾安息。「白堊的形成是由三億五千萬年來海洋生物屍骸沉積，再經過數千萬年的積壓作用，海洋生物屍骸中的碳酸鈣變成了白堊……」

純白、美麗而又脆弱的石頭屹立在海島上數百萬年，在石頭中封存了無數海洋生物永恆的生命，牠們不曾瞑目，卻以一種堅強、美麗又沉默的姿勢站立着——我想我的墓誌銘上也要寫着：「終有一天我將成為白堊。」純潔、美麗、永恆又脆弱，我的生命終有一天會以這種形態寄存在世上嗎？

　　噫，這一切不過是幻想而已——

* 本文榮獲第十一屆大學文學獎傑出少年作家獎。

———————●———————

評語

歌頌自然，但捕魚本身，便意味着人與自然的對立；魚被捕而死，與死後成為化石畢竟有別。然而取材獨特，描寫細膩，尚算佳作。

——王証恒

導讀

　　魚這種動物對城市人而言並不陌生，但我們對魚的印象可能僅限於桌上佳餚（尤其是非觀賞性魚類），很少人會像對貓、狗一樣對其投以生命的關注。本文取材獨特，仔細描寫不同的魚陷入魚網、被屠宰時的種種掙扎與痛苦，生命消逝時的沉寂與脆弱，作者有感其對「生」的極度渴求，頌讚其生命純潔、美麗、永恆又脆弱的本質。

　　本文的描寫部分相當出色，作者對魚的構造、形態等觀察深刻而獨到，視覺、嗅覺、聽覺、觸覺等感官描寫運用純

熟，同時善於捕捉魚獨有的形態特徵，刻畫細緻，着力渲染其於死前的徒勞掙扎，這種脆弱和其對生的渴求形成鮮明對比，相當具有感染力，使人恍如身歷其境。

附錄

第十屆、第十一屆大學文學獎得獎名單

第十屆大學文學獎（2018-2019）

組別	名次	得獎者	所屬院校	得獎作品
新詩組	冠軍	吳俊賢	香港浸會大學	斜坡
	亞軍	吳其謙	香港大學	捕手
	季軍	黃啟怡	香港教育大學	搬家
	優異獎	何梓慶	畢業於香港浸會大學	辦公室
		張安	香港大學	探望爺爺
		韓祺疇	畢業於嶺南大學	遺民
散文組	冠軍	朱嘉榮	畢業於香港中文大學	解剖報告書
	亞軍	洪詩韵	香港樹仁大學	藥罐子
	季軍	郭健蓮	畢業於香港中文大學	流水帳
	優異獎	孔銘隆	香港教育大學	桃花
		馮百駒	畢業於香港浸會大學	學徒
		蔡少堡	畢業於香港浸會大學	交流
小說組	冠軍	李昭駿	畢業於香港中文大學	慢
	亞軍	賴展堂	香港中文大學	飼主
	季軍	林紫韻	香港樹仁大學	水母裏的人
	優異獎	洪昊賢	畢業於香港浸會大學	漫長的瞬間
		區麗娟	香港中文大學	工藤優里
		黃柏熹	香港中文大學	窗外風光明媚
傑出少年作家獎		文樂瑤	宣道會陳瑞芝紀念中學	一刻
		吳靄琳	聖保羅男女中學	他對我笑了
		梁詩韻	拔萃女書院	夜夜朝朝斑鬢新
		彭慧瑜	港大同學會書院	香港的女兒及其父親
		劉穎欣	培僑中學	瓜田舊事
		鮑可穎	浸信會呂明才中學	支教

第十一屆大學文學獎（2020-2021）

組別	名次	得獎者	所屬院校	得獎作品
新詩組	冠軍	韓祺疇	畢業於嶺南大學	（）
	亞軍	王　深	香港浸會大學	離·島
	季軍	龔灝浚	畢業於香港城市大學	青龍
	優異獎	盧真瑜	香港中文大學	觀海三首
		霍詠儀	畢業於香港樹仁大學	與讀寫障礙學生訂正作業
		韓佳音	香港浸會大學	問
散文組	冠軍	吳俊賢	畢業於香港浸會大學	皮膚病
	亞軍	謝意嵐	香港浸會大學	貓仔與海
	季軍	林樂文	香港浸會大學	鮮腥之地
	優異獎	党雪晴	香港大學	三角梅
		張欣怡	畢業於香港浸會大學	父親
		謝靖朗	香港浸會大學	天影徑
小說組	冠軍	區麗娟	畢業於香港中文大學	漁人
	亞軍	曾維浩	香港浸會大學	如何愛上被怪物吞下的感覺
	季軍	王碧蔚	香港中文大學	玻璃
	優異獎	何嘉淇	香港教育大學	石仔坊街阿公
		吳俊賢	畢業於香港浸會大學	排拒
		李家盈	香港浸會大學	無窮
傑出少年作家獎		呂崇節	中華傳道會安柱中學	沒有靈感的晚上
		岑政浩	慈幼英文學校	看風景——山麓蹀躞
		李雪兒	香港四邑商工總會黃棣珊紀念中學	別矣，吾土
		肖婉怡	樂善堂梁植偉紀念中學	夜雨敲窗
		陳梓濠	基督教中國佈道會聖道迦南書院	誰是烏鴉？
		趙穎彤	佛教善德英文中學	白堊

（優異獎、傑出少年作家獎排名依得獎者姓名筆畫序）

後記——感謝看風景的人　　朱少璋

　　二十多年來，「大學文學獎暨少年作家獎」嘉許了不少別具創作潛質的年輕作者，部分得獎作品已收錄在文獎作品集之中。文集記錄了一眾年輕作者在文學創作上的階段成果，也同時記錄了主辦單位的工作成果。當然，若說文集記錄了香港文壇的成果，相信也近乎事實。

　　重看已出版的幾輯文集，總主題固然都是收錄文獎作品，但編輯方針和出版意念，卻非一成不變。比如說，第一輯文集收錄文獎活動中冠、亞、季、優異的作品，到第二輯已改為只收錄冠、亞、季的作品。在出版形式上，文集由第三輯開始又改以「專書系列」替代「同人刊物」，於是有了《起點》、《途上》和《路邊》。像這些看似細微的變化，都在在反映各編者精益求精的心思。至於本書——最新一輯文獎作品集《沿岸》——除了收錄文獎大專組賽事中散文、新詩、小說的冠軍作品外，還首次收錄十二篇「傑出少年作家獎」的作品，以此展示文獎更立體、更多元的面貌。「少年作家獎」供中學老師提名學生參加，藉以培養中學生的寫作興趣，加強大學與中學間的文學交流和聯繫；獎項於2004年增設，與文獎大專組賽事同期同步進行。

　　文獎作品集至今已編到第六集，各輯文集的主編，都由浸會大學語文中心的老師擔任。在此衷心感謝曾為編輯文集

付出心血的胡燕青老師、麥樹堅老師、鄧擎宇老師、陳彥峯老師；他們默默耕耘，緊密地配合活動計畫的時間表，妥妥貼貼地完成既繁瑣又繁重的編務。至於本書能如期順利出版，則須感謝陳遠秀老師在忙碌的教務中仍樂意兼負《沿岸》的編輯工作。陳老師為本書撰寫的前言〈觀賞岸邊浪花〉滿是信任文學、珍惜文學的信息，書名喚作「沿岸」則兼具此岸或彼岸的踏實與大海汪洋的縹緲——放眼望去，沿岸風光確是目不暇給。陳老師「希望《沿岸》能夠讓出色的作品找到更多讀者」的意願固然極好，畢竟文學創作要與閱讀互動，才有生命。讀者稍一注目，眼前的字詞句段都一一成了文學風景。

陳老師用心細讀每一篇作品，為每篇作品撰寫「導讀」，為文集在閱讀上開拓另一層重要而別具參考價值的維度：說她為文集「增值」或「點睛」，一點都不誇張。《沿岸》的讀者除了欣賞得獎作品外，還可以同時參考主編對作品的看法。「你站在橋上看風景，看風景的人在樓上看你。明月裝飾了你的窗子，你裝飾了別人的夢。」陳老師為各篇得獎作品撰寫的「導讀」，也成了「沿岸」風景的一部分。

責任編輯：羅國洪
封面設計：洪清淇

書　　名：沿岸
編　　者：陳遠秀
策　　劃：香港浸會大學文學院語文中心
　　　　　九龍塘窩打老道224號香港浸會大學溫仁才大樓OEE1203室
出　　版：匯智出版有限公司
　　　　　香港九龍尖沙咀赫德道2A首邦行803室
　　　　　電話：2390 0605　　傳真：2142 3161
　　　　　網址：http://www.ip.com.hk
發　　行：聯合新零售（香港）有限公司
　　　　　香港新界荃灣德士古道220至248號荃灣工業中心16樓
　　　　　電話：2150 2100　　傳真：2407 3062
印　　刷：陽光（彩美）印刷有限公司
版　　次：2023年4月初版
國際書號：978-988-76156-9-9